Zum BUCH

Nach einem nächtlichen Unfall auf einer nebligen Landstraße verwandelt sich das Leben des Busfahrers Austin Hobbs in einen Albtraum. Er kann nicht mehr einschlafen und erleidet furchtbare Visionen, sobald er die Augen schließt. Ein Wettlauf gegen die Zeit beginnt, und führt ihn geradewegs in einen Kampf gegen sein Unterbewusstsein, den er nicht gewinnen kann…

Zum AUTOR

Niklas Quast wurde am 7.3.2000 in Hamburg-Harburg geboren und wuchs im dörflichen Umland auf. Nachdem er eine Ausbildung zum Groß- und Außenhandelskaufmann absolvierte, arbeitet er nun in einem Familienbetrieb und widmet sich nebenbei dem Schreiben.

NIKLAS QUAST

SCHLAFLOS

ROMAN

1.Auflage 2025

Copyright © 2025 Niklas Quast
niklasquastautor@web.de
www.facebook.com/NiklasQuastAutor

Covergestaltung:
Galax Acheronian
www.acheronian.de

Niklas Quast
Metzendorfer Weg 5
21224 Rosengarten

Verlag:
BoD · Books on Demand GmbH, In de Tarpen 42,
22848 Norderstedt, bod@bod.de
Druck:
Libri Plureos GmbH, Friedensallee 273, 22763 Hamburg

ISBN: 978-3-7693-2683-3

1

Es war mal wieder einer dieser Tage, an denen Austin Hobbs nicht gerade stolz auf seinen Job war. *Bei Nacht und Nebel kann ich mir wirklich etwas Besseres vorstellen, als in meiner Kabine zu hocken und diesen Bus durch die menschenleeren Straßen zu bringen.* Es kam, zumindest unter der Woche, selten vor, dass mehr als fünf Personen um diese Uhrzeit in seinem Bus Platz genommen hatten. Das konnte Austin auch gut verstehen, die meisten waren eben bereits seit Stunden zuhause und schliefen schon längst. Gerade in solchen winterlichen Nächten hatte die Umgebung etwas Unheimliches, was ihm jedes Mal aufs Neue eine Gänsehaut verschaffte. Es war nicht nur neblig, sondern auch sehr kalt – so kalt, dass Austin das Fenster seiner Kabine geschlossen hatte, und das kam eigentlich so gut wie nie vor. Seine Augenlider wurden schwer, während er versuchte, seine volle Aufmerksamkeit auf die Straße zu lenken. Das war definitiv leichter gesagt, als getan, denn er war heute noch ein ganzes Stück müder, als das sonst der Fall war. Zum Glück war dies auch seine letzte Fahrt, und er sehnte sich bereits danach, ins Bett zu steigen und alles, was heute passiert war, zu vergessen. Doch er musste diese Fahrt noch zu Ende bringen, den Bus im Depot abstellen und von dort aus zu sich gehen. *Es hat schon echt Vorteile, nur fünf Fußminuten von der Arbeitsstelle entfernt zu wohnen.* Allerdings gab es natürlich auch jede Menge Nachteile, unter anderem den, dass er eben der erste war, der bei kurzfristigem Personalausfall als Vertretung kontaktiert wurde. Das war zuweilen schon ziemlich lästig, doch er hatte sich daran gewöhnt, und sich vor allem vorgenommen, nicht immer nur zuzustimmen. Da er weiterhin einen guten Draht zu seinem Chef hatte, kam er so einigermaßen gut durch, und konnte über das Gehalt auch nicht meckern. Die Lichter der Laternen, die sich im unregelmäßigen Abstand am Straßenrand befanden, begannen, in einer gleichbleibenden Symphonie zu flackern. Er kämpfte gegen den Drang an, seine Augen zu schließen, und hielt sie krampfhaft geöffnet. Ein einziger Fehler, eine einzige Unachtsamkeit, konnte vieles ausmachen. Obwohl Austin wusste, dass das Radio in seiner Kabine defekt war, versuchte er erneut, es anzuschalten – natürlich ohne Erfolg. So ein bisschen Musik hätte er jetzt ganz gut vertragen können, sie hätte ihm zumindest dabei geholfen, den Kampf gegen die Müdigkeit zu gewinnen. *Ich darf nicht eine Sekunde lang unkonzentriert sein. Ich darf nicht eine Sekunde lang unkonzentriert sein. Ich darf nicht...* der letzte Teil des sich immer wiederholenden Gedanken wurde von dem Geräusch der quietschenden Reifen verschluckt, das in Folge eines harten Trittes auf die Bremse folgte. Austin öffnete die Augen und riss das Steuer nach rechts, um dem Hindernis, welches er getroffen hatte, auszuweichen – doch dazu war es bereits zu spät.

2

Austin spürte, wie ihm sein Herz zum Hals herausspringen wollte. Seine Hände waren schweißnass, und er wusste nicht, wie er sich beruhigen konnte. Keuchend tastete er nach dem Lichtschalter, brauchte jedoch einige Versuche, bis er ihn schließlich gefunden und betätigt hatte. Er sah in diesem Moment alles nochmal in Zeitlupe vor sich – wie er erneut auf das Bremspedal stieg, es jedoch nicht schaffte, das Gefährt rechtzeitig zu stoppen. Es folgte der dumpfe Knall, ehe sich erneut Stille ausbreitete. Das alles war jetzt erst wenige Stunden her, doch für Austin fühlte es sich an, als würde es immer wieder neu passieren. Er hatte in dieser Nacht noch kein Auge zu bekommen, obwohl er total müde und erschöpft war – dieser Umstand hatte ihn ja erst in die gefährliche Situation gebracht.

»Hm?«, fragte Piper schlaftrunken.

»Ich kriege einfach kein Auge zu«, murmelte Austin, ärgerte sich aber in diesem Moment, das Licht angeschaltet zu haben.

Er hatte sich nichts dabei gedacht – immerhin schlief Piper ansonsten auch wie ein Stein und ließ sich durch nichts aus der Ruhe bringen, doch heute war das scheinbar anders. Seine Ehefrau drehte sich zu ihm um, rieb sich die Augen und öffnete sie kurz darauf.

»Du hattest keine Chance, dem Mädchen auszuweichen«, sagte sie sanft und gähnte.

»Sie ist dir immerhin genau vor das Fahrzeug gefallen.«

Austin wusste, dass seine Frau recht hatte, doch er konnte einfach nicht anders, außer sich selbst Vorwürfe zu machen – und gerade mitten in der Nacht, zu einer Zeit, in der sein Körper schon längst zur Ruhe gekommen sein sollte, fühlte sich das nochmal schlimmer an. *Sie saß nicht am Steuer, und hat nicht das Gefühl, diesen Fehler nur begangen zu haben, weil sie sich einen kleinen Moment lang nicht konzentriert hatte.* Austin hatte diesbezüglich kein Wort gegenüber der Polizei verloren, die Situation war so schon schlimm genug gewesen. Zudem hatte er schlichtweg Angst davor gehabt, das auszusprechen. *Was, zur Hölle, hat das Mädchen ausgerechnet an der Stelle verloren gehabt? Noch dazu um diese Uhrzeit? Das war auf einer verdammten Landstraße und nach Mitternacht!*

»Ich glaube, ich gehe eine Weile ins Wohnzimmer und mache es mir auf der Couch bequem.«

Austin beugte sich zu Piper hinunter und drückte ihr einen Kuss auf die Lippen. Obwohl es in den letzten Wochen nicht optimal zwischen ihnen beiden gelaufen war, fühlte sich das gut an.

»Alles klar.«

Piper gähnte erneut.

»Sei mir nicht böse, aber ich muss weiterschlafen. Mach dir nicht zu viele Gedanken, okay? Du kannst nichts dafür.«

»Danke.«

Zu mehr war Austin in diesem Moment nicht fähig. Er schlug seine Bettdecke zurück, kletterte aus dem Bett und knipste das Licht aus. Er wagte sich blindlings durch das Schlafzimmer und tastete sich an der Wand entlang, ehe er die Tür, die in den Flur führte, erreicht hatte. Über selbigen war er wenig später bereits ins Wohnzimmer gelangt, schaltete dort die kleine Tischlampe an und nahm auf der Couch Platz. Sie hatten am letzten Abend nicht geheizt, da er arbeiten und Piper mit ihren Freundinnen unterwegs gewesen war – weshalb seine Frau letzten Endes auch so schnell an der Unfallstelle erschienen war. Dementsprechend war es im Wohnzimmer auch ziemlich kalt, weshalb er sich eine der beiden Wolldecken schnappte, die auf dem Sofa lagen. *Wir sollten die Türdichtungen wirklich zeitnah tauschen lassen. Dieser Winter scheint besonders erbarmungslos und hart zu werden.* Dass sie jetzt schon so früh zu Beginn des Winters solch niedrige Temperaturen hatten, war ein Zeichen dafür. Jetzt, wo er auf dem Sofa saß und die Aufregung langsam abgeebbt war, machte sich die Müdigkeit wieder bemerkbar. Er wollte nicht zurück ins Schlafzimmer, da er Piper nicht erneut aufwecken wollte, weshalb er sich auf der Couch zurücklehnte und die Augen schloss. Unter seinen Augenlidern flackerten blaue Lichter wild umher, sie wurden wenige Sekunden später zu roten Kreisen und dann zu gelben Punkten. *Hoffentlich hat das Mädchen überlebt*, dachte Austin, ehe er bereits in der Welt des Schlafes versunken war.

Um ihn herum war es dunkel. Die Nacht präsentierte sich wirklich von ihrer schwärzesten Seite, es gab kein bisschen Licht, welches die Dunkelheit durchschneiden konnte – zumindest nicht an der Position, an der er sich befand. Unter seinen Füßen spürte er feuchte Erde. Es war kalt und regnerisch, er fror bis auf die Knochen und zitterte wie Espenlaub. Als er sich umdrehte, erblickte er in der Ferne den Lichtkegel einer Laterne – und wagte sich in die Richtung voran. Seine Schuhe sanken mit jedem Schritt tiefer in den morastigen Untergrund ein, und es war jedes Mal ein Kraftakt, sich wieder aus der Umklammerung der feuchten Erde zu befreien. Er geriet trotz der eiskalten Außentemperatur ins Schwitzen, und hatte die Laterne einen Moment später erreicht. Im gelben Licht konnte er nun erkennen, dass er sich auf einem Friedhof befand. Der Lichtkegel wies ihn in eine bestimmte Richtung – weiter in die, in die er zuvor bereits gegangen war. Die Gräber wirkten allesamt verwittert, auf vielen Steinen hatte sich bereits Moos gebildet. Einer von denen erregte seine Aufmerksamkeit ganz besonders – er war aus wießem Marmor gefertigt und leuchtete in der Dunkelheit. Er ging auf die Knie und versuchte das, was dort geschrieben stand, zu lesen. Serenity Mason. Sie musste ihr Leben lassen, weil sie von einem rücksichtslosen Busfahrer mutwillig überfahren wurde. Ruhe in Frieden.

3

Schweißgebadet schlug Austin die Augen auf und versuchte, sich zu orientieren. Erleichtert stellte er fest, dass er sich nicht auf dem Friedhof befand, sondern auf seiner Couch – er hatte geträumt. Draußen war es noch immer stockfinster, und ein Blick auf die Uhr verriet ihm, dass es nicht mal eine halbe Stunde her war, seit er das Schlafzimmer verlassen hatte. Obwohl er sich immer noch müde fühlte, stand für ihn fest, dass er sich nicht wieder ins Bett legen könnte. Er versuchte daher, sich möglichst lautlos durch den Flur am Schlafzimmer vorbei in Richtung Küche zu begeben. Dort angekommen, öffnete er die Tür und schloss sie leise wieder hinter sich. Er hoffte, dass Piper mittlerweile wieder in den Schlaf gefunden hatte, und wandte sich der Kaffeemaschine zu. Er schaltete sie an und beobachtete, wie die dunkle Flüssigkeit wenige Momente später in den Becher floss und sich an ihrer Oberfläche eine Schaumkrone bildete. Er zog einen der beiden Stühle vom Esstisch zurück und nahm dort Platz. Während er an dem Heißgetränk nippte, dachte er über seinen verstörenden Traum nach. *Auf dem Grabstein stand der Name Serenity Mason.* Er grübelte, durchforstete jede einzelne Windung seines Gehirns nach diesem Namen, kam jedoch irgendwie zu keiner Lösung. *Wie bin ich auf diesen Namen gekommen? Hatte die Polizei ihn mir gegenüber erwähnt? Ist er mir schon einmal begegnet? Wenn ja, wo? Und in welchem Zusammenhang?* Es strengte ihn enorm an, sich den Kopf darüber zu zerbrechen, und das lag nicht nur an der Uhrzeit. Er musste mehr über den Namen, über *sie* herausfinden! Doch wie sollte er das anstellen? Er spielte mit dem Gedanken, die örtlichen Krankenhäuser abzutelefonieren, entschied sich jedoch schlussendlich dazu, das nicht um diese Zeit zu tun. Stattdessen blickte er aus dem Fenster. Draußen hatte es zu schneien begonnen, die Flocken fielen sanft vom Himmel, blieben jedoch nicht auf der Straße liegen. Normalerweise hätte Austin dieses Szenario als besonders heimelig und gemütlich empfunden, doch jetzt sorgte die Kälte von außerhalb dafür, dass seine innere Kälte gar nicht mehr verschwinden wollte. *Serenity Mason.* Obwohl er nicht weiter darüber nachdenken wollte, blieb der Name fest in seinem Gehirn verankert, und er brannte darauf, mehr über das Mädchen und diesen Namen herauszufinden. *Wenn das Mädchen wirklich so heißen sollte, dann muss ich den Namen irgendwo gehört haben. Mein Unterbewusstsein wird mir ja nicht einfach so etwas vorspielen. Andererseits...* Ihm lief ein Schauer über den Rücken, als er seinen Gedanken weiter ausführte. *Ich habe ihren Grabstein gesehen. Das bedeutet ja auch, dass sie es nicht geschafft hat.* Niedergeschlagen senkte er seinen Kopf in Richtung der Tischplatte, woraufhin er den Kaffee zum überschwappen brachte. Leise fluchend zog er seine Arme hoch, und versuchte, mithilfe von Küchentüchern die Sauerei zu beseitigen. Er fühlte sich noch immer müde und wie gerädert, hatte, wenn er an den Traum dachte, schlichtweg Angst davor, wieder einzuschlafen. Er trank den restlichen Kaffee aus, nachdem er ein wenig abgekühlt war, und begab sich dann ins Badezimmer. Dort ließ er sich warmes Wasser in die Wanne laufen, fügte noch etwas Badeschaum hinzu und stieg dann hinein. Er atmete tief durch, während er sich in das heiße Wasser sinken ließ. Nachdem er eine bequeme Position gefunden hatte, schloss er die Augen. *Nur kurz ausruhen.* Es fühlte sich gut an, und er spürte, wie er sich tatsächlich ein wenig entspannen konnte. *Zum Glück bin ich nach dem Unfall erstmal auf unbestimmte Zeit krankgeschrieben. Ich hätte es nicht geschafft, heute wieder in den Bus zu steigen und so zu tun, als wäre rein gar nichts passiert.* Jetzt, wo er tiefer darüber nachdachte, wusste er sogar nicht mal, ob er überhaupt jemals wieder in der Fahrerkabine Platz nehmen könnte. Eines stand aber fest: die Nachtschichten waren für ihn erst einmal vorbei, er würde sich in eine andere Abteilung versetzen lassen, sobald er sich wieder im Dienst befinden würde. Er hielt weiterhin die Augen geschlossen. Der Kaffee schien seine Wirkung etwas verfehlt zu haben, Austin hatte nichts von seiner Müdigkeit eingebüßt. Im Gegenteil, er fühlte sich eher noch ein wenig geschlauchter als zuvor. Der Gedanke daran, erneut einzuschlafen, war nun wieder extrem verlockend, und das warme Wasser, welches sich um seinen nackten Körper schmiegte, tat seinen Teil dazu bei.

Dunkelheit. Dieses Mal jedoch handelte es sich nicht um einen Friedhof, nein – er befand sich in einem Tunnel, und hörte von außerhalb ein lautes Rauschen, welches gut und gerne von einem Zug stammen konnte. Das Geräusch war wenige Sekunden später bereits abgeklungen, und irgendwie fühlte sich die Stille, die darauf folgte, noch ein wenig schlimmer an, als der Lärm. Er musste sich komplett blind voran bewegen, und seine Hände erwiesen sich dabei als große Hilfe, da er zu seiner rechten eine feuchte Steinwand fühlte, die seinen Eindruck, er befände sich in einem Tunnel, nochmal verstärkte. Es war so kalt, dass er fror, was vermutlich auch daran lag, dass er weder einen Pullover, noch eine Jacke trug – einzig und allein ein T-Shirt bedeckte seinen Oberkörper. Der Boden unter seinen Füßen wurde plötzlich unebener, und die Steine, die sich zuvor schon an Ort und Stelle befunden hatten, wurden noch etwas größer. Als er kurz darauf auch noch Bahnschienen unter seinen Schuhen spürte, fühlte er sich bestätigt. Sein Instinkt trieb ihn weiter in die Richtung, in die er zuvor bereits unterwegs gewesen war – warum es sich richtig anfühlte, diesen Weg zu gehen, konnte er allerdings nicht sagen. Jeder Schritt glich einer Qual, sein gesamter Körper sandte verschiedenste Schmerzsignale aus, und er wusste nicht, wie er gegen diese ankämpfen konnte. Er musste sich der Situation also wohl oder übel fügen, weshalb er seinen Kopf oben hielt und seinen Weg unermüdlich fortsetzte. Irgendwann, er konnte absolut nicht sagen, wie viel Zeit vergangen war, wurde die Stille erneut durch das laute Rauschen unterbrochen, welches vermutlich einen Zug ankündigte. Dieses Mal kam es jedoch nicht von außerhalb, sondern von innerhalb des Tunnels. Als es kurze Zeit später immer lauter wurde, wurde sein rationale Denken und Handeln von einer alles einnehmenden Panik übernommen. Schon bald tauchte ein Licht in der Dunkelheit auf, und die Scheinwerfer des Zuges kamen mit jeder vergehenden Sekunde immer näher. Er entschied sich dazu, zu rennen – und versuchte dabei, alles aus sich herauszuholen. Doch auch das reichte natürlich nicht, der Zug kam erbarmungslos immer näher. Mit einem lauten Schrei sprang er nach vorne, spürte, wie er in der Luft den Halt verlor – und vom Zug erfasst wurde.

»Austin!«

Austin vernahm die Stimme seiner Frau, spürte jedoch nur Wasser um sich herum. Prustend schoss er nach oben, keuchte und versuchte, das Badewasser, welches er geschluckt hatte, auszuspucken.

»Meine Güte, du wärst beinahe ertrunken!«

In Pipers Stimme war eine große Menge Panik herauszuhören.

Austin stützte sich am Rand der Wanne ab, und gelangte mithilfe seiner Frau auf die Beine. Er schien dieses Mal ein wenig länger geschlafen zu haben – zum einen war es draußen hell geworden, und zum anderen hatte sich das Badewasser so weit abgekühlt, dass er zu frieren begonnen hatte. Auf seinem Körper hatte sich eine flächendeckende Gänsehaut ausgebreitet, die er nicht so schnell abschütteln konnte. Er nahm das Handtuch, welches ihm seine Frau reichte, dankend entgegen, und trocknete sich damit ab. Er fühlte sich gerädert, wusste jedoch, dass er das jetzt erstmal beiseiteschieben musste – denn der neue Tag hatte längst begonnen. Als er sich schließlich komplett abgetrocknet, umgezogen und das Badezimmer verlassen hatte, stieg ihm aus der Richtung der Küche der Duft von aufgebackenen Brötchen in die Nase. Sein Magen machte sich daraufhin direkt bemerkbar, weshalb er sich in die Küche begab und sich an den Esstisch setzte, an dem Piper bereits auf ihn wartete. Zwanzig Minuten später befand er sich bereits im Wohnzimmer, und versuchte, über das nachzudenken, was er in seinen zwei Träumen gesehen hatte. Der Name *Serenity Mason* ging ihm dabei gar nicht mehr aus dem Kopf – es war zum Verrückt werden! Es fühlte sich an, als hätte sich ein bösartiger Parasit in seinen Hirnwindungen festgesetzt, der nur darauf aus war, ihn zu trachten und ihm seine Fehler immer wieder unter die Nase zu reiben. Ja, bei Gott, davon hatte er bisher gefühlt so viele gemacht, wie es Sand am Meer gab – doch niemals zuvor einen derart großen, wie in der vergangenen Nacht. *Das alles muss wirklich im Bruchteil einer Sekunde passiert sein. Aber warum, zur Hölle, war das Mädchen um diese Uhrzeit überhaupt auf dieser verlassenen Landstraße und ist ausgerechnet dann auf die Fahrbahn gestolpert, als ich mit meinem Bus vorbeigefahren bin?* Da er zuvor einen Blick in den Spiegel geworfen hatte, hatte er gewusst, dass sein Bus weit und breit das einzige Fahrzeug gewesen war – sowohl vor, als auch hinter ihm war auf der Straße nichts zu sehen gewesen, was ja auch nicht besonders verwunderlich für diese Uhrzeit gewesen war. Er war so in seine Gedanken versunken gewesen, dass er das Auftauchen seiner Frau gar nicht bemerkt hatte. Deshalb zuckte er erschrocken zusammen, als Pipers Stimme plötzlich die Stille durchbrach.

»Wie geht es dir?«

Es war eine ziemlich banale Frage, doch Austin wusste nicht, wie er diese beantworten konnte. Er fühlte sich noch immer müde und gerädert, und irgendwie war das, was ihm in seinen Träumen passiert war, noch immer ziemlich präsent. Körperliche Schmerzen hatte er allerdings keine, alles, was ihn momentan trachtete, spielte sich einzig und allein in seinem Kopf ab.

»Ich muss unbedingt wissen, ob das Mädchen den Unfall überlebt hat.«

Er sprach das aus, was ihn seit dem Zusammenstoß enorm belastet hatte. Es war alles so schnell gegangen, während die Polizei ihn befragt und betreut hatte, hatte sich der Krankenwagen, der nahezu zeitgleich an der Unfallstelle eingetroffen war, daran gemacht, das Mädchen abzutransportieren. Austin hatte bloß noch das blinkende Licht des Martinshorns gesehen, ehe der Wagen bereits von der Dunkelheit verschluckt worden war.

»Der Sanitäter hatte gestern gesagt, dass die Chancen für sie nicht besonders gut stehen würden.«

Piper versuchte, einen sanften Ton an den Tag zu legen.

»Ich fürchte daher, dass sie es nicht geschafft hat. Aber... du musst doch verstehen, dass dich keine Schuld trifft.«
Sie legte eine Hand auf seine Schulter und rückte ein Stück näher an ihn heran. Austin genoss die Wärme, die seine Frau in diesem Moment ausstrahlte. Die Kälte, die sich in ihm ausgebreitet hatte, wurde direkt etwas vertrieben. Eine kleine Flamme von dem Feuer, was früher gebrannt hatte, wurde gerade durch ihre Nähe entfacht. *Der Tatsache zum Trotz, dass es bei uns in letzter Zeit nicht gut gelaufen ist, ist sie für mich da. Das muss dann wohl wirklich Liebe sein.* Die Gefühle waren in den letzten Jahren immer ein bisschen mehr verloren gegangen, und Austin hatte das lange Zeit für den normalen Verlauf einer Ehe gehalten – immerhin waren sie mittlerweile seit fünfzehn Jahren miteinander verheiratet. Piper hatte sich diesbezüglich eher bedeckt gehalten und sich mehr und mehr zurückgezogen. Sie war viele Abende gar nicht mehr zuhause gewesen, weil sie mit ihren Freundinnen von Kneipe zu Kneipe gezogen und immer erst wieder spät zurückgekehrt war.
»Ich weiß, dass ich nicht anders hätte handeln können«, log Austin, da er das Thema nicht weiter ausführen wollte.
Und ob ich das hätte. Es war dieser Bruchteil einer Sekunde, in dem ich meine Augen kurz geschlossen und meinen Kopf abgeschaltet hatte.
»Aber es fühlt sich furchtbar schlimm an, einen Menschen auf dem Gewissen zu haben. Ich muss daher unbedingt in Erfahrung bringen, ob sie überlebt hat.«
Er entschied sich bewusst nicht dazu, den Namen *Serenity* in den Mund zu nehmen – denn er konnte sich einfach nicht vorstellen, dass das Ganze wirklich stimmen würde und er das durch seinen Traum erfahren hatte.

»Und wie willst du das anstellen?«, fragte Piper und zog eine Augenbraue hoch.

Sie versuchte dabei gar nicht mal, die Skepsis in ihrer Stimme zu verbergen.

»Es gibt nicht viele mögliche Krankenhäuser, in die sie gebracht worden wäre, sofern sie das Ganze überlebt hätte. Ich glaube, ich mache mich gleich mal auf den Weg.«

Er versuchte, Pipers Miene zu studieren, doch sie gab in diesem Mund rein gar nichts preis.

»Okay, mach das. Wenn dir die Gewissheit dann wenigstens Ruhe bringt.«

Sie drückte ihm einen feuchten Kuss auf die Wange, ehe sie sich vom Sofa erhob.

»Sei mir nicht böse, aber ich habe noch einiges im Haushalt zu erledigen. Ich bleibe hier.«

Austin nickte. Er hätte es zwar einerseits gut gefunden, wenn sie ihn begleitet hätte, konnte jedoch auch damit leben, die Krankenhäuser alleine anzufahren. Draußen sah es ungemütlich aus, ein bisschen Schnee aus der letzten Nacht war noch als feine Schicht am Boden zurückgeblieben und wurde in der Ferne von einer dichten Nebelsuppe überlagert. Es war ein Tag, an dem man eigentlich zuhause bleiben wollte, doch Austin musste sich einfach Gewissheit verschaffen. Er begab sich in den Flur und zog sich seine Jacke an, deren Oberfläche noch etwas feucht war. Er hatte sie nach der Wiederankunft in der letzten Nacht bloß noch am Haken aufgehängt und sich direkt danach ins Bett begeben. Er gelangte durch das Treppenhaus schließlich wieder nach draußen, schloss die Tür hinter sich ab und zog sich den Kragen seiner Jacke bis über das Kinn. Die Kälte drang sofort durch alle Poren in seinen Körper hinein, selbst seine

Winterjacke konnte ihn davor nur bedingt schützen. Schnellen Schrittes begab er sich in Richtung seines Autos, welches immer auf demselben Platz stand – in einer Parklücke direkt unter einer Eiche. Er musste seine Scheiben und die Spiegel erst von einer Schicht Schnee befreien, ehe er seine Fahrt starten konnte.

Dieser Winter wird echt härter als die letzten werden, wenn ich mir diese Massen ansehe, die sich auf meinem Auto angehäuft haben...

Es war nicht besonders hell, die Umgebung um ihn herum präsentierte sich grau in grau. Die Reste des Schnees sorgten jedoch dafür, dass sich zumindest etwas Helligkeit in das Szenario mischte – und das auch ganz ohne das Licht der Sonne. Hinter einem dichten Vorhang von Wolken konnte man nur noch erahnen, dass sie da war. Nicht einmal ein paar verlorene Strahlen drangen durch. Die Straßen waren recht frei, so, wie es für einen Sonntag halt eigentlich auch gängig war. Das eintönige Licht sorgte in der Verbindung mit seinem aktuellen Zustand dafür, dass er erneut müde wurde. Als er spürte, dass er dagegen nicht mehr ankämpfen konnte, steuerte er eine Tankstelle an, und parkte etwas abseits der Zapfsäulen in der Nähe einer Waschanlage. Er schaltete den Motor ab, verschloss die Tür und lehnte sich im Sitz zurück. Eigentlich wollte er sich der Müdigkeit nicht hingeben, weil er Angst vor dem schrecklichen Traum hatte, der ihm bestimmt erneut bevorstand. Er wusste allerdings auch, dass er den Kampf nicht weiter fortführen könnte. Darum nahm er die verstörenden Träume in Kauf und hoffte, dass er wenigstens ein bisschen Ruhe finden würde. Seine Augenlider flackerten, das trübe Licht vermischte sich mit verschiedenen Farben zu einer einheitlichen Masse. Es dauerte nur wenige Minuten, bis er erneut in der Welt des Schlafes versunken war.

4

Die dunkle Landschaft zog an seinem Fenster vorbei. Er brauchte nicht lange, um sich orientieren zu können, und sah, dass er sich wieder in der Kabine hinter dem Steuer seines Busses befand. Mit einem mulmigen Gefühl im Bauch warf er einen Blick nach draußen. Es war alles so, wie in der letzten Nacht – die Landstraße präsentierte sich erneut als vollkommen verlassen, und das Wetter war auch exakt das selbe. Als er einen Blick in den Innenspiegel warf, registrierte er auch die selben Menschen auf den Sitzen im hinteren Bereich des Fahrzeuges. Seine Hände fingen an zu kribbeln, als ihm bewusst wurde, was das wohl bedeutete. Er verkrampfte seine Finger um das Lenkrad und versuchte, die Nervosität, die seinen gesamten Körper wie ein bösartiger Virus befallen hatte, irgendwie loszuwerden. Er wollte um keinen Preis zurück an den Ort, an dem er seinen schlimmsten Albtraum erlebt hatte. Mittlerweile war er sich sicher, dass er träumte, was jedoch nichts an der Situation veränderte – denn so lange er seine Augen geschlossen hielt, war er hier gefangen. Der Bus nahm derweil immer mehr an Fahrt auf, weshalb er versuchte, ihn ein wenig abzubremsen. Als er seinen Fuß auf das Bremspedal stellte, merkte er, dass es nicht funktionierte. Er versuchte es mit seinem gesamten Gewicht, spürte jedoch bloß, wie sich das Pedal widerstandslos auf den Boden drücken ließ. Eine kalte Panik überkam ihn, und als er sich von seinem Sitz erheben wollte, spürte er, wie sein Körper am Polster kleben blieb. Er konnte sich nicht mehr bewegen und schlug wie wild auf die Hupe. Der Bus begann immer schneller zu werden, und die von Schlaglöchern gesäumte Landstraße sorgte dafür, dass das Gefährt immer heftiger zu wackeln begann. Er schrie, spürte jedoch, wie kein Laut seinen Mund verließ. Er war vollkommen machtlos, konnte nichts an der Situation verändern – und musste schließlich mit weit aufgerissenen Augen erneut sehen, wie das Fahrzeug mit dem Mädchen kollidierte.

Austin hörte ein lautes Klopfen und schlug verschreckt die Augen auf. Erleichtert nahm er zur Kenntnis, dass er sich noch immer auf dem Parkplatz der Tankstelle befand. Er brauchte einen Moment, um sich zu beruhigen, und sah sich dann in die Richtung um, aus der das Klopfen erklungen war.

»Troy?«

Austin öffnete die Tür und stieg aus.

»Habe ich dich geweckt?«

Troy, sein langjähriger Arbeitskollege und Freund, hob eine Augenbraue und strich sich durch den Dreitagebart, in dem sich bereits ein paar Schneeflocken verfangen hatten. Sein ungepflegtes Aussehen prägte ihn seit Jahren, doch ihm schien das nichts auszumachen.

»Nein... äh, ja, doch, irgendwie schon«, druckste er herum.

Troy machte nicht den Anschein, als hätte er von den Vorfällen in der Nacht bereits etwas mitbekommen. Austin war darüber einerseits erleichtert, andererseits musste das aber nichts zu bedeuten haben. *Troy gibt nicht viel auf den Flurfunk, und vermutlich wird er sich am Wochenende keinen Kopf über betriebsinterne Nachrichten machen.* Da selbiger nur montags bis freitags im Dienst war, konnte Austin ihm das auch nicht verübeln. *Er versteht es wenigstens, abseits des Dienstes ein wenig abzuschalten und nicht ständig als Vertretung parat zu stehen.*

»Was machst du denn überhaupt hier? Bist du zuhause rausge-flogen?«

Troy war schon immer jemand gewesen, der kein Blatt vor den Mund genommen hatte, dennoch war Austin von seiner Direkt-heit überrascht. Ja, er hatte seinem Kollegen gegenüber mal er-wähnt, dass es zwischen Piper und ihm nicht mehr so gut gelau-fen war – das war allerdings nur am Rande geschehen und sie hatten nicht viele Worte darüber gesprochen. Troy war ein ge-borener Optimist, und hatte ihn dazu ermutigt, es weiterhin zu versuchen und sie keineswegs aufzugeben, wofür ihm Austin in diesem Moment auch ein Stück weit dankbar war.

»Nein, zum Glück nicht«, entgegnete er, und entschied sich bin-nen weniger Sekunden dazu, Troy alles zu erzählen, was er seit dem Beginn der vergangenen Nacht erlebt hatte. In der Zwi-schenzeit hatte es zwar aufgehört zu schneien, der schneidende Wind sorgte jedoch dafür, dass die Kälte weiterhin unange-nehm, fast schmerzhaft blieb.

»Donnerwetter«, murmelte Troy, als Austin mit seinem letzten Traum, den er eben im Auto hatte, geendet hatte.

»Das ist wirklich heftig, und tut mir verdammt leid für dich. Wenn du nichts dagegen hast, würde ich dich gerne begleiten.«

Da Troy schon seit Jahren alleinstehend war, hatte er nieman-den, der ihn zuhause erwartete – und somit auch niemanden, dem gegenüber er sich erklären musste, falls er mal etwas später zurückkehren würde. Aus diesem Umstand, gepaart mit der Tat-sache, dass er nicht alleine sein wollte, willigte er ein.

»Könntest du dann bitte auch das Steuer übernehmen?«, fragte er, woraufhin Troy nickte.

»Natürlich, lass mich das mal machen. Du kannst dich auf dem Beifahrersitz entspannen.«

Eine Viertelstunde später hatten sie das erste Krankenhaus auf der imaginären Liste von Austin erreicht. Das *Saint Mary's Pillbox Medical* befand sich im Zentrum der Stadt, in unmittelbarer Nähe von den ganzen Geschäften und der Fußgängerzone. Eine bunte, weihnachtliche Lichterkette schmückte die ansonsten triste Außenfassade des Gebäudes an einigen Stelle, und rief Austin ins Gedächtnis, dass der Feiertag in wenigen Tagen vor der Tür stehen würde. *Ich muss für Piper auch noch ein Weihnachtsgeschenk kaufen. Mist, dafür habe ich jetzt weder den Kopf noch die Zeit.* Er schob den Gedanken dennoch zunächst einmal beiseite, momentan gab es nämlich deutlich wichtigere Dinge. Aber wenn er mehr über das Mädchen herausgefunden hatte, musste er sich dringend darum kümmern. *Am besten, ich mache mir eine Notiz ins Handy...* Als sie sich direkt vor dem Gebäude befanden, schob sich die Glasschiebetür auf und ließ sie ins Innere eintreten. Warme Luft schlug ihnen von dort aus entgegen, der Empfang schien gut beheizt zu sein. Austin ging voraus, und spürte, wie Troy ihm folgte. An der Rezeption angekommen, entdeckte er eine junge Frau hinter einer Front aus Plexiglas. Sie trug zwar ein Lächeln im Gesicht, der Ausdruck in ihren Augen verriet jedoch auch ein gewisses Maß an Gleichgültigkeit und Desinteresse.

»Entschuldigen Sie«, begann Austin.

»Ich hätte ein wichtiges Anliegen.«

»Was kann ich für Sie tun?«

Da Austin nicht direkt mit der Tür ins Haus fallen, sondern sich zunächst vorsichtig erkundigen wollte, meinte er:

»Ich suche jemanden. Ein Mädchen, zwischen dreizehn und achtzehn Jahre alt. Sie hatte in der Nacht einen schweren Unfall.«

»Haben Sie einen Namen für mich?«

Die Krankenhausangestellte zog eine Augenbraue hoch. Auf dem Namensschild, welches an ihrer Brust hing, stand der Name *Rosanna Ward* geschrieben.

»Ähm...«

Austin druckste ein wenig herum. *Ach egal, was habe ich schon zu verlieren?* Er versuchte es einfach mit dem Namen aus seinem Traum.

»Serenity. Serenity Mason.«

»Mason, Mason...«

Ms. Ward blätterte durch die Akten.

»Am gestrigen Abend ist niemand mit diesem Namen eingeliefert worden. Aber irgendwie kommt er mir bekannt vor. Ich kann ihn nur gerade nicht wirklich zuordnen.«

Sie hielt ihren Kopf nach unten gerichtet, schien in diesem Moment jeden einzelnen Winkel ihres Gedächtnisses zu durchforsten.

»Es tut mir leid, aber ich komme gerade nicht drauf.«

»Okay, sie sagten aber, es ist definitiv niemand mit diesem Namen in der vergangenen Nacht eingeliefert worden? War ansonsten irgendetwas, was auf meine Beschreibungen zugetroffen ist?«

Ms. Ward schüttelte den Kopf.

»Wir haben in der vergangenen Nacht zwar eine Handvoll Notaufnahmen gehabt, doch auf ihre Beschreibungen trifft nichts zu.«

Sie legte eine kurze Pause ein, ehe sie weitersprach.

»Ich werde allerdings das Gefühl nicht los, Ms. Mason zu kennen. Wenn Ihnen das so wichtig ist, kann ich Ihnen anbieten, mich bei ihnen zu melden, falls mir etwas einfallen sollte.«

Austin war von der Hilfsbereitschaft der Rezeptionistin erstaunt. Er hatte die Frau anfangs komplett falsch eingeschätzt und nicht gedacht, dass sich das Gespräch in diese Richtung entwickeln würde.

»Sehr gerne. Soll ich Ihnen meine Mobilnummer geben?«

»Schreiben Sie sie bitte hier rauf.«

Sie reichte ihm eine umgedrehte Visitenkarte über den Tresen herüber. Auf der leeren Rückseite notierte Austin seine Handynummer, ehe er die beschriebene Karte und den Stift zurück durch die Öffnung der Plexiglasscheibe reichte.

»Vielen Dank für Ihre Hilfe. Wir werden es dann in der nächsten Klinik versuchen.«

Rosanna Ward nickte ihnen zum Abschied zu, ehe sie sich wieder ihrer Arbeit zuwandte.

»Einen schönen Tag noch!«, rief sie den beiden hinterher, als sich die Glastür hinter ihnen wieder zuschob.

»Das war ja schon mal ein Schuss in den Ofen«, murmelte Austin enttäuscht.

Er wusste allerdings auch selbst nicht, was er sich genau erhofft hatte.

»Wieso? Die Tatsache, dass dieser Rosanna der Name bekannt vorkam, lässt sich doch zumindest als kleiner Erfolg verbuchen.«

»Ich weiß es nicht. Vielleicht ist da ja auch rein gar nichts dran.«

»Mensch, Austin, du musst auch mal ein bisschen positiver denken, verdammt!«

Austin schüttelte den Kopf, ehe er ein leichtes Grinsen zustande brachte. Kurz darauf wurde er jedoch wieder ernst.

»Das würde mir deutlich leichter fallen, wenn ich Gewissheit über den Ausgang des Unfalls aus der vergangenen Nacht hätte.

Lass es uns mit der nächsten Klinik versuchen.«

5

Ihre Fahrt führte sie eine halbe Stunde und zahlreiche rote Ampeln später in das „dunkle Viertel" der Stadt – das war kein offizieller Titel, jedoch der Name, den Austin in Bezug auf diesen Stadtteil gerne in den Mund nahm. Die Fassaden der baufälligen Gebäude waren von Rissen und Schmutz durchzogen, zudem regierte hier die Armut. Es war der Schandfleck auf der Karte der ansonsten schillernden Stadt – doch so war das überall, jede Medaille besaß eben immer zwei Seiten. Das *Sinclair Medical* war ein Krankenhaus, in dem die Hälfte der Betten durchgehend von Drogenjunkies besetzt war. Ein Großteil der anderen Hälfte gehörte Obdachlosen, die in schlimme Schlägereien verwickelt gewesen waren, oder aber Opfern von häuslicher Gewalt, die in diesem Brennpunkt der Stadt an der Tagesordnung zu stehen schien. Dennoch besaß auch dieses Krankenhaus natürlich eine Notaufnahme, auch wenn diese ein wenig kleiner war, als die vom *Saint Mary's Pillbox Medical*. Sie parkten im nebenanliegenden Parkhaus, welches nur spärlich beleuchtet war und einige dunkle Ecken besaß. Troy stellte den Wagen in einer freien Parklücke nahe dem Treppenhaus, welches nach draußen führte, ab. Als sie dieses kurze Zeit später betraten, schlug ihm ein beißend starker Geruch von Urin entgegen, der ihm die Tränen in die Augen trieb. Er schnappte erleichtert nach Luft, als sie das Gebäude verlassen hatten und sich direkt vor dem Krankenhaus befanden.

»Hier lebt wirklich der Abschaum der Stadt«, murmelte Troy. »In einen solchen Plattenbau bekommt man mich nicht rein.« Zumindest vom äußerlichen her würde Troy gut in diese Wohngegend passen, charakterlich hingegen ganz und gar nicht, dessen war Austin sich sicher.

»Ich befürchte kaum, dass wir hier Glück haben werden. Wir müssen es aber versuchen – eine andere Möglichkeit haben wir nicht.«

Troy nickte, und folgte Austin wortlos durch die Tür ins Innere. Auch von der Inneneinrichtung des Empfangsbereiches her war ein deutlicher Unterschied zum anderen Krankenhaus auszumachen. Der Putz war an einigen Stellen bereits abgeblättert, und trotz der Sitzecke direkt neben der Rezeption wirkte das Ambiente alles andere als einladend. Der Eindruck wurde durch den Sicherheitsbeamten, der in der Nähe des Empfangs wartete und auf sie zuschritt, als sie eintraten, noch verstärkt.

»Kann ich Ihnen helfen?«

Sein Ton war rau und unfreundlich. Austin wollte sich dadurch jedoch nicht aus dem Konzept bringen lassen, und versuchte, sein Anliegen möglichst direkt zu formulieren.

»Sie wissen schon, dass wir der Schweigepflicht unterliegen, oder?«

»Ja, natürlich«, murmelte Austin, und hoffte, trotzdem irgendwie etwas aus dem Sicherheitsmann herauszubekommen.

»Ich würde einfach nur gerne wissen wollen, ob in der Nacht jemand eingeliefert worden ist, der bei einem Unfall vielleicht lebensgefährlich verletzt wurde.«

»Hören Sie zu, ich kann Ihnen diesbezüglich leider keine...«

»Lassen Sie gut sein, John.«

Die Rezeptionistin, die sich bisher eher im Hintergrund gehalten hatte, schob ihren Stuhl zurück und stand auf. Die Absätze ihrer hohen Schuhe, auf denen sie ziemlich ungelenkig lief, polterten über den Laminatboden, bis sie schließlich den Teppich, auf dem Austin und Troy warteten, erreicht hatten.

»Entschuldigen Sie mich bitte für fünf Minuten«, sagte sie zu dem Sicherheitsmann, woraufhin dieser nickte.

Kurz darauf wandte sie sich den beiden Besuchern zu.

»Folgen Sie mir bitte.«

Verwundert tat Austin das, was sie sagte, und folgte ihr tiefer ins Innere des Krankenhauses. Troy signalisierte ihm mit einem kurzen Blick, dass er im Empfangsbereich warten würde. Zwei Abzweigungen später hatten sie einen Raum erreicht, der eine Art Besprechungszimmer zu sein schien.

»Setzen Sie sich.«

Austin, der noch nicht wusste, wie er die Situation einschätzen sollte, zog sich den weißen Holzstuhl zurück und nahm etwas unbehaglich auf der Sitzfläche Platz.

»Die Leute mögen zwar zum Schutze des Krankenhauses eine gute Arbeit machen – sie halten das Gesindel, welches in diesem Viertel auf den Straßen umherstreift, von uns fern. Allerdings hat das Ganze auch seine Kehrseite, sie lassen es kaum zu, dass man in ihrer Gegenwart normale Gespräche führen kann.«

Sie legte eine kurze Pause ein, und sprach dann weiter.

»Also, nochmal von vorne. Sie möchten wissen, ob heute Nacht jemand eingeliefert wurde, der bei einem Unfall verletzt worden ist? Könnten Sie das etwas konkretisieren?«

Austin nickte und erzählte ihr die Story nun etwas detailreicher. Er ließ nichts aus, auch nicht den Fakt, dass er vermutete, den Namen des verletzten Mädchens zu kennen. Während er sprach, versuchte er, die Reaktion der Frau zu studieren. Sie gab nur wenig Preis, und zog eine Augenbraue hoch, als er seinen Monolog beendet hatte.

»Das Ganze klingt fast ein wenig unheimlich«, räumte sie ein.

»Es ist in der Nacht tatsächlich ein Mädchen eingeliefert worden, welches bei einem Unfall mit einem Bus schwer verletzt worden war. Wir konnten mit ihr jedoch bislang noch nicht sprechen, da sie im Koma ist.«

Die Frau, die kein Namensschild an ihrem Oberteil trug, schluckte und senkte ihren Blick auf die Tischplatte. Kurze Zeit später hob sie ihn wieder und sprach weiter.

»Ihr Name ist Serenity Mason.«

6

Austin schwirrte der Kopf, und er wusste im ersten Moment nicht, wie er die neugewonnene Information einordnen sollte. Ihm wurde heiß und kalt zugleich, als ihm klar wurde, dass der Traum, den er gehabt hatte, nicht bedeutungslos gewesen war. *Mein Unterbewusstsein möchte mir etwas sagen. Doch was soll das sein?* Er war zunächst zu keiner Antwort fähig, da er einfach nicht wusste, was er sagen sollte. Er war erleichtert, dass er das Mädchen gefunden hatte und sie noch am Leben war – auch wenn ihr Gesundheitszustand anscheinend kritisch war. Aber er war auch verwirrt und fühlte eine diffuse Beunruhigung, vielleicht auch Angst. Die Müdigkeit und all das, was hinter ihm lag, verstärkten diesen Mix an Gefühlen noch. *Ich muss schlafen. Dann werde ich vielleicht schlauer. Es kann einfach kein verdammter Zufall gewesen sein, dass ich den Namen des Mädchens auf diesem Grabstein gesehen habe!*

»Darf ich sie sehen?«

Obwohl er nicht wusste, was er sich davon erhoffte, fragte er nach. Er stellte zu keinem Zeitpunkt in Frage, dass das, was die Frau ihm gesagt hatte, stimmte, und das Mädchen wirklich im Koma lag. *Vielleicht löst ja ihr Anblick etwas in mir aus. Immerhin habe ich ihren Namen verdammt nochmal in einem Traum gesehen!*

»Okay, ich kann eine Ausnahme machen. Kommen Sie mit – aber bitte nur wenige Minuten, sonst riskiere ich meinen Job.«

»Vielen Dank, Sie helfen mir sehr weiter.«

Austin folgte der Frau über den Flur, der sich unendlich weit erstreckte und zu beiden Seiten Türen hatte.

Etwa auf Höhe der Mitte verharrte sie und drehte sich zu Austin um.

»Bitte beeilen Sie sich«, war das letzte, was die Frau ihm zurief, woraufhin die Tür hinter ihm ins Schloss fiel.

Es fühlte sich unheimlich an, durch den Raum, in dem eine Totenstille herrschte, zu schreiten. Einzig vom leisen Piepen der Geräte, welche die bleiche und wie tot daliegende Verletzte am Leben hielten, unterbrach diese. Das Mädchen wies schlimmste Blessuren auf, ihr gesamter Oberkörper war in Verbände gehüllt, die an einigen Stellen so aussahen, als würden sie dringend mal wieder gewechselt werden müssen. Ihr Gesicht hingegen war unverhüllt, und obwohl ihre Augen geschlossen waren, konnte Austin sagen, dass das Mädchen wirklich hübsch war. Oberhalb der Wange prägte eine große Schnittwunde ihr Erscheinungsbild, die jedoch bereits verkrustet war. Die Tatsache, dass er dafür verantwortlich war, dass das Mädchen jetzt im Koma lag, bereitete ihm derart große Gewissensbisse, dass ihm fast schlecht wurde. Er musste sich einen Moment lang setzen, und war froh, als er einen Stuhl neben dem Bett stehen sah. Er ließ sich in das Polster sinken, atmete tief durch, und spürte, wie er sich ein wenig entspannte. Sein Körper stand nun nicht mehr ganz so stark unter Strom, wie in den vergangenen Stunden – was bedeutete, dass er auch wieder die Müdigkeit spürte, die er bislang ignoriert hatte. Seine Augenlider flackerten bereits, und obwohl er wusste, dass er diesen Kampf nicht verlieren durfte, da er auf dem Flur bereits erwartet wurde, gab er sich hin – und war bereits wenige Sekunden später vor Erschöpfung eingeschlafen.

Das Krankenhauszimmer war nicht ganz so heruntergekom-

men, wie der Rest des Gebäudes. Die Farbe an den Wänden war größtenteils bereits verblichen, doch das Mobiliar wirkte relativ modern. Das leise Piepen der lebenserhaltenden Geräte erfüllte den Raum, und als er sich in Richtung Fenster drehte, vernahm er eine Bewegung in seinem Rücken. Ruckartig drehte er sich erneut um, und konnte nicht glauben, was er sah. Serenity Mason hatte das Bewusstsein wiedererlangt und sich im Bett aufgestützt. Sie sah ihn mit großen Augen und offenem Mund an.

»Ich kenne dich.«

Ihre Worte klangen absolut emotionslos. Es war, als spräche ein Roboter zu ihm. Der Ausdruck in ihren Augen widerlegte diesen Eindruck jedoch – dort stand in diesem Moment eine Menge geschrieben, doch er war unfähig, auch nur ein einzelnes Wort daraus lesen zu können.

»Du hast mich angefahren.«

Ihr Blick wechselte von der einen auf die andere Sekunde von vielsagend, traurig und verletzlich zu etwas ganz anderem, unaussprechlichem. Es war, als würde sie die Maske, die sie trug, plötzlich fallenlassen; gegen eine andere austauschen. Es war dort nur noch pure Bosheit zu sehen. Und obwohl das Mädchen in ihrem Zustand körperlich absolut keine Gefahr für ihn darstellte, verspürte er eine kribbelnde, ihn frösteln lassende Angst, welche sich schnell in seinem gesamten Körper verteilte.

»Ich... ich wollte es nicht. Du warst plötzlich da, und ich konnte den Bus einfach nicht mehr stoppen!«

Er stammelte die Worte vor sich hin, und spürte, wie er immer unsicherer wurde. Er hatte die ganze Situation nicht mehr unter Kontrolle, und hoffte, dass es ihm irgendwie wieder gelingen würde, die Kontrolle wiederzuerlangen. Momentan sah es je-

doch ganz und gar nicht danach aus, dass ihm das gelingen könnte.

»Es tut alles so weh. Ich kann meine Beine nicht mehr bewegen.«

Er spürte, wie ihn in Folge ihrer Worte eine blanke Panik überkam. Er war einfach zu keiner Antwort fähig – was Serenity dazu verleitete, weiterzusprechen.

»Ich hätte das nicht machen dürfen. Nichts davon! Dann wäre ich auch nicht auf die Straße gestoßen worden.«

Bevor er auf ihre Aussage antworten konnte, erhob sie sich aus dem Bett und stand auf. Obwohl ihre Beine eigentlich nicht funktionsfähig sein konnten, bewegte sie sich trotzdem auf ihn zu, und legte ihre knochigen Finger um seinen Hals. Er versuchte, sich zu wehren, doch er war absolut machtlos. Sie schien mit einem Mal eine schier unmenschliche Kraft zu haben. Wild zappelnd schlug er nach ihr, traf jedoch nicht ein einziges Mal ihr Gesicht. Seine Lungen schienen explodieren zu wollen. Alles Wehren half nicht. Er konnte sich aus ihrem Griff nicht befreien. Als ihm schließlich die Luft wegblieb, wurde ihm schwarz vor Augen.

»WAS MACHEN SIE DENN DA?!«

Die Tür öffnete sich, und die Empfangsfrau kam in das Krankenzimmer hineingestürmt. Austin spürte, dass er weiterhin keine Luft bekam – was vermutlich an dem Vorhang lag, der sich um seinen Hals gewickelt hatte. Hustend und keuchend versuchte er, sich aus der Falle, die er sich selbst gelegt zu haben schien, zu befreien. Von Serenity ging offensichtlich keine Gefahr aus. Sie lag weiterhin bewusstlos in ihrem Krankenbett und bewegte sich nicht. Austin versuchte sich zu beruhigen und ließ sich erleichtert gegen die Lehne sinken, als die Frau ihm von dem zusammengebundenen Vorhang befreit hatte.

»Verlassen Sie sofort das Krankenhaus!«

Ihre Stimme klang nun ganz und gar nicht mehr freundlich, und Austin konnte sie da verstehen. *Ich habe es versaut. Nur, weil ich mich nicht mehr unter Kontrolle habe, und einfach todmüde bin, da ich seit dem Unfall keine Sekunde mehr geschlafen habe. Diese Träume waren immer nur so kurz... da kann ich mich unmöglich erholt haben.* Er ließ sich widerstandslos von der aufgebrachten Frau aus dem Raum treiben, und begegnete auf dem Flur einen Arzt, der in Folge des lauten Wortgefechtes in Richtung des Zimmers geeilt zu sein schien.

»Ist alles in Ordnung?«

Austin beachtete ihn gar nicht und machte sich auf den Weg in Richtung Ausgang. Während er über den klinisch weißen Boden schritt, dachte er über das nach, was er in seinem letzten Traum erfahren hatte. *Sie hat gesagt, dass sie gestoßen worden ist. Das würde auch erklären, warum das Ganze so plötzlich passiert ist. Wenn sie am Straßenrand gewartet hätte, hätte ich sie im Scheinwerferlicht gesehen – selbst aus ein paar Metern Entfernung.* Während er seine Gedanken weiter ausführte, hatte er die Lobby wieder erreicht, in der ihn Troy bereits mit einem erwartungsvollen Blick entgegensah.

»Und? Hast du was herausgefunden?«

»Lass uns weg von hier, bevor es noch Ärger gibt. Ich erzähle dir alles auf den Weg ins Parkhaus.«

Troy wirkte überrascht, hakte jedoch nicht weiter nach – denn Austins Worte ließen keinerlei Spielraum zu.

Zehn Minuten später befanden sie sich in der Ausfahrt des Parkhauses. Austin hatte die letzten Minuten dazu genutzt, Troy alles zu erzählen. Er ließ dabei auch kein einziges Detail aus, da er darauf brannte, die Meinung seines Freundes zu erfahren. Troy nahm sich Zeit, um das Gesagte zu verarbeiten – und um sich eine Antwort zurechtzulegen.

»Also, die Tatsache, dass der Name des Mädchens tatsächlich Serenity Mason ist, zeigt mir, dass hier irgendetwas ganz und gar nicht stimmt. Dein Unterbewusstsein scheint mehr über die vergangene Nacht zu wissen, als es dir vorgibt – du kannst dem Ganzen nur auf den Grund gehen, wenn du den Hinweisen aus deinen Träumen folgst.«

Er legte eine kurze Pause ein, ehe er weitersprach.

»Vier hattest du bisher, oder? Hilf mir nochmal auf die Sprünge. Der erste war der mit dem Friedhof. Dann warst du wieder am Steuer des Busses... und jetzt im Krankenzimmer. Was habe ich vergessen?«

»Den Tunnel«, murmelte Austin.

»In meinem zweiten Traum war ich in einem Tunnel und wurde von einer Bahn verfolgt. Irgendwie passt der nicht zum gesamten Bild, doch er muss auch etwas zu bedeuten haben – nur was, das erschließt sich mir noch nicht so ganz.«

»Tunnel gibt es in der Stadt wie Sand am Meer«, murmelte Troy.

»Das grenzt den genauen Standort deines Traumes nicht wirklich ein. Denk bitte nochmal drüber nach, ob dir nicht doch noch etwas anderes aufgefallen ist – sei es ein noch so winziges Detail.«

Austin spürte, wie die Zahnräder in seinem Gehirn, trotz der ständigen bleiernen Müdigkeit, zu rattern begannen. Er dachte nach, schloss die Augen und versuchte, sich wieder in den

Traum, den er am Morgen in der Badewanne gehabt hatte, hineinzuversetzen. *Ich bin gegangen... zunächst waren da keine Bahnschienen, ehe sie langsam auftauchten. Dann noch dieses laute Rauschen zuvor, was gut und gerne ein weiterer Zug hätte sein können...* Zunächst konnte er sich rein gar nichts zusammenreimen, ehe er einen Geistesblitz bekam.

»Ich glaube, ich weiß, wo wir hinmüssen.«

7

Der stillgelegte Bahnhof *Lemon Road* befand sich am anderen Ende der Stadt – er diente heutzutage nur noch als Abstellgleis und war daher ziemlich marode.

»Und du bist dir wirklich sicher?«, fragte Troy, nicht, ohne eine gewisse Skepsis an den Tag zu legen.

»Ja, fandest du meinen Ansatz nicht einleuchtend?«

»Geht so.«

Troy verkniff sich ein schiefes Grinsen.

»Aber auf mich kommt es hier überhaupt nicht an. Es geht um das, was du gesehen hast.«

Austin ließ sich seine Schlussfolgerungen nochmal durch den Kopf gehen. Ihm war der Bahnhof *Lemon Road* nur durch Zufall eingefallen. In unmittelbarer Nähe befand sich der Neubau, der direkt neben dem alten Tunnel entlangführte. Das Abstellgleis endete dort, man hatte die hintere Öffnung vor ein paar Jahren zubetoniert und die Schienen um den neuen Bahnhof herum verlegt. Das war ein ziemlich aufwendiges Projekt der Stadt gewesen, und Austin konnte sich bis heute nicht erklären, warum man das damals in Angriff genommen hatte. *Waren etwa zu viele Steuergelder übrig, die einfach sinnlos hatten verprasst werden müssen?* Er schüttelte den Kopf. Gewiss, der Neubau musste einen gewissen Zweck erfüllen und fügte sich schon besser in die bestehende Linie ein, da dort komplett auf den Tunnel, der bei starken, anhaltenden Regenfällen oftmals mit Überschwemmungen zu kämpfen hatte, verzichtet worden war. Falls das jedoch der einzige Grund für das Großprojekt gewesen war, dann verstand Austin den Sinn dahinter nicht – er entschied sich jedoch dazu, sich jetzt keinen Kopf darüber zu machen. Stattdessen richtete er seinen Blick auf die Tunnelöffnung, die im tristen Tageslicht auf eine gewisse Art und Weise unheimlich wirkte.

»Na, dann lass uns mal rein«, drängte Troy, der offenbar darauf brannte, zu erfahren, ob sie auf der richtigen Spur waren.

Austin hingegen fühlte sich ganz und gar nicht wohl dabei, wagte sich aber dennoch in die Dunkelheit hinein. Da sie keine Taschenlampe dabei hatten, waren sie auf ihre Hände angewiesen, mit denen sie sich an der Tunnelwand vorsichtig entlangtasten mussten. Unter ihren Füßen befanden sich noch immer alte Gleise, und ein lautes Rauschen von außerhalb signalisierte Austin, dass er mit seiner Vermutung richtig gelegen haben musste – denn das Geräusch klang genauso wie in seinem Traum. Es war unschwer zu hören, dass dort gerade ein Zug vorbeigefahren war. Bestärkt durch diesen Eindruck erhöhte Austin sein Tempo, und kam so auch ganz gut voran. Troy hielt mit ihm Schritt, und sein Keuchen hallte gefühlt durch den gesamten Tunnel. Auch, wenn er sich das Rauchen vor Jahren abgewöhnt hatte, so waren die Spuren jahrelangen Nikotingenusses noch immer gut zu hören.

»Hast du irgendein Ziel vor Augen?«, fragte er schließlich, als er mit Austin nicht mehr mithalten konnte.

Austin hielt inne, drehte sich um, und wartete, bis Troy ihn schließlich erreicht hatte. Obwohl es stockfinster war, schälten sich langsam Konturen aus der Umgebung. Als er seinen Blick hob, sah er, dass das auf einige Ritzen im Stein zu führen war, durch die der graue, bedeckte Himmel zu sehen war. Als Austin seine Hand für einen Moment von der Wand nahm, spürte er, wie ein Schmutzfilm auf seiner Handinnenfläche kleben geblieben war. Er wischte sich den Dreck an seiner Hose ab und meinte:

»Dafür, dass der Tunnel erst seit kurzer Zeit stillgelegt ist, hat der Zahn der Zeit schon ziemlich heftig an ihm genagt.«

Troy lachte auf.

»Meinst du, hier hat nachts regelmäßig jemand durchgeputzt, als noch Züge gefahren sind? Gerade hier unten hat sich der Schmutz über Jahre angesammelt.«

»Stimmt auch wieder. Hey, ich glaube, wir haben unser Ziel erreicht.«

Sie waren weitergegangen, und Austin hatte gespürt, dass die Gleise unter seinen Füßen aufgehört hatten.

»Wenn wir jetzt wenigstens ein bisschen Licht hätten...«

»Haben wir aber nicht. Oder...«

Troy hielt kurz inne und griff in seine Hosentasche.

»Zwei Streichhölzer«, murmelte er.

»Das muss reichen.«

»Ich dachte, du rauchst nicht mehr?«

»Mache ich auch nicht. Ich trage sie einfach nur aus Gewohnheit bei mir.«

Austin zuckte mit den Schultern. Im Grunde war es ihm auch egal – wichtig war jetzt, die Möglichkeit, die sich aufgetan hatte, zu nutzen. Troy entzündete eines der beiden Streichhölzer, reichte es an ihn weiter, und zündete sich selbst das zweite an. Die kleine Flamme gab zwar nicht besonders viel Licht ab, doch es reichte zumindest dazu, um sich in unmittelbarer Umgebung orientieren zu können. Auf den ersten Blick gab es nichts, was Austin ins Auge fiel – der Tunnel wirkte eben wie ein ganz gewöhnlicher Tunnel. Er schwenkte das Streichholz vorsichtig umher und richtete die Flamme in Richtung Boden. Unter seinen Füßen befanden sich scharfkantige Schottersteine, und er versuchte, den Übergang zwischen Schienen und Gleisbett ausmachen zu können. Vorsichtig, darauf bedacht keine ruckartigen Bewegungen zu machen, die die Flamme zum Erlöschen bringen würden, ging er langsam zurück. Das flackernde Streichholz gab zwar wenig Licht, aber es war besser als sich tastend weiter orientieren zu müssen. Da Troy sich zu ihm gesellte, wurde der Beleuchtungsradius glücklicherweise ein wenig größer, so dass Austin etwas auffiel. Er ging auf die Knie und räumte ein paar Steine zur Seite.

»Hier ist doch irgendetwas passiert.«

Er hatte nicht damit gerechnet, etwas zu finden, doch die Tatsache, dass sich unter den Steinen alte, vollkommen zerstörte Schienen befanden, machte ihn stutzig.

»Sieht ganz danach aus, als wäre bei der damaligen Neuverlegung der Gleise gepfuscht worden«, murmelte Troy, und sprach damit das aus, was Austin sich dachte.

»Auch, wenn ich nicht ganz weiß, wie das mit deinem Unfall, oder aber dem Mädchen zusammenhängt.«

Austin dachte nach, und versuchte, die Puzzleteile, die sich in seinem Kopf befanden, zusammenzufügen. Das gestaltete sich als äußerst schwierig, weil ihm zunächst keine Gemeinsamkeit auffiel – ehe er in eine andere Richtung dachte.

»Nehmen wir mal an«, begann er, und sprach weiter, als Troy seinen Kopf gehoben hatte und er sich der Aufmerksamkeit seines Begleiters sicher war.

»Nehmen wir mal an, es gab damals ebenfalls einen Unfall – der Lokführer ist auf der Strecke eben wegen dieses Baupfusches von den Gleisen abgekommen und dafür verantwortlich, dass jemand verletzt wurde oder sogar gestorben ist. Vielleicht möchte mir mein Traum damit suggerieren, dass es jemanden gibt, der mir helfen kann – weil er vielleicht etwas Ähnliches erlcbt hat!«

Die Geschichte war ziemlich an den Haaren herbeigezogen, doch sie klang auf eine gewisse Art und Weise logisch – auch, wenn der Gesichtsausdruck, den Troy in Folge seiner Worte aufsetzte, eine andere Sprache sprach.

»Sagen wir mal so, es klingt zumindest einleuchtend und wäre eine Möglichkeit«, räumte dieser jedoch kurz darauf ein.

»Aber hast du eine Idee, wie wir herausfinden können, ob da etwas dran ist?«

»Ich werde mich gleich zuhause einfach mal an meinen Computer setzen und eine Weile recherchieren. Ich muss dir gestehen, dass ich mich mittlerweile auch nach angenehmeren Temperaturen sehne – es ist wirklich verdammt kalt hier drinnen.«

Troy rieb sich die Hände und meinte:

»Das kannst du laut sagen. Ich dachte vorhin ja, dass das nur ein kurzer Abstecher zur Tankstelle wird, weshalb ich auf meine Jacke verzichtet habe. Nun, man kann es eben nie wissen.«

Austin legte die Steine wieder über die zerstörten Schienen und stand auf. Ihm schwirrte der Kopf, er hatte das Gefühl, dass er jetzt erstmal ein bisschen Ruhe brauchen würde, um alles, was sie erfahren hatten, zu verarbeiten.

»Ich wäre dir jedenfalls dankbar, wenn du mich zurück zu der Tankstelle bringen könntest. Von dort aus fahre ich dann direkt nach Hause. Dein Wagen steht da ja auch noch, oder?«

Troy nickte.

»So machen wir das. Ich muss dir gestehen, dass ich mittlerweile auch wirklich Hunger bekommen habe.«

8

Eine halbe Stunde später waren sie schließlich wieder auf dem
Parkplatz der Tankstelle angekommen. Austin war Troy dankbar dafür, dass dieser erneut am Steuer Platz genommen hatte –
so hatte er zumindest Zeit dazu, sich erste Gedanken über sein
weiteres Vorgehen zu machen. Dass sie während der Fahrt
kaum miteinander gesprochen hatten, war ihm da sogar noch
entgegengekommen. Normalerweise wäre er unter diesen Umständen am heutigen Tage sicherlich direkt eingeschlafen, doch
eben seine Gedanken waren es, die ihn wachgehalten hatten.
»Danke für deine Hilfe«, sagte Austin, als Troy sich daran
machte, in Richtung seines Wagens zu gehen.
»Nicht dafür.«
Er winkte ab.
»Du rufst mich an, wenn du etwas Neues erfahren hast, okay?«
»Umgehend.«
Sie reichten sich zum Abschied die Hand, und Austin sah dem
davonfahrenden Toyota noch eine Weile hinterher. Als selbiger
schließlich im nachmittäglichen Nebel verschwunden war,
nahm er wieder am Steuer seines Wagens Platz. Es kostete ihn
einiges an Überwindung, den Motor zu starten – jetzt, wo er ein
wenig zur Ruhe gekommen war, spürte er die Müdigkeit mehr
denn je über sich einbrechen. Der Weg nach Hause, den er kurze
Zeit später antrat, glich einer Tortur. Immerhin hatten es die
Ampeln gnädig mit ihm gemeint, er hatte keine einzige Rotpha-
se erleben müssen. Erleichtert schloss er die Haustür auf und
begab sich über das Treppenhaus in die Wohnung. Als er die
Tür öffnete, musste er das Licht im Flur anschalten, da es im In-

neren ziemlich dunkel war. Neben der Lampe entdeckte er einen von Piper handgeschriebenen Zettel.

Bin mit den Mädels unterwegs. Bringe nachher was zum Abendessen mit. Wir sehen uns später.

Austin hätte sich in diesem Moment liebend gerne mit seiner Frau über die Erkenntnisse des Tages ausgetauscht, war jedoch auch nicht enttäuscht, dass sie mal wieder nicht da war. *So habe ich immerhin Zeit, ein wenig zu recherchieren.* Bevor er an seinem Schreibtisch, der sich in der Ecke des Wohnzimmers befand, Platz nahm, legte er einen Abstecher in die Küche ein und nahm sich ein Bier aus dem Kühlschrank. Es kam selten vor, dass er Alkohol trank – vor allem sonntags. Doch er hatte einfach das Gefühl, dass er anders nicht klarkommen würde, und brauchte zudem etwas, was seinen Kopf zum Nachdenken anregte. Er ließ sich schließlich auf seinen Schreibtischstuhl sinken, schaltete den PC an und sah dabei zu, wie er hochfuhr. Kurze Zeit später meldete er sich auf seinem Account an und öffnete den installierten Internetbrowser. Dort versuchte er, mit verschiedenen Suchanfragen mehr über den Neubau des Bahnhofs *Lemon Road* herauszufinden. Die ersten Artikel führten ihn dabei noch in eine Sackgasse – sie handelten überwiegend von Bauplänen und erläuterten das Projekt im Großen und Ganzen. Als er sich jedoch etwas in die Materie eingelesen hatte, fand er einen Artikel, der von einem Unfall berichtete, der vor siebzehn Jahren während einer Sanierung des Tunnels passiert war. Es wurde von mehreren Toten berichtet. Die Begründung für den Unfall war technisches Versagen, zumindest war es das, was der Artikel berichtete. Der Name des Mannes, der an diesem Tag Lokführer gewesen war, war mit *Sullivan P.* beschrieben, was Austin zumindest ein wenig weiterbrachte. Er notierte sich den

Namen, und hörte, wie im selben Moment die Wohnungstür ins Schloss fiel. Als er sich umdrehte, sah er, wie das Licht im Flur anging.

»Hey.«

Piper tauchte im Türrahmen auf. Sie trug ein Lächeln im Gesicht, und jeweils einen Pizzakarton in jeder Hand.

»Ich habe, wie versprochen, Essen mitgebracht.«

»Sehr gut, ich habe schon verdammt großen Hunger. Die ganze Arbeit hat mich ziemlich geschlaucht.«

»Wo hast du dich denn heute herumgetrieben? Du scheinst lange unterwegs gewesen zu sein.«

Sie strahlte nicht wirklich viel Interesse aus, das war auch an der Tonlage ihrer Stimme auszumachen - doch die Tatsache, dass sie sich erkundigte, war alles, was Austin in diesem Moment brauchte. Er erzählte ihr von allem, was er erlebt hatte, einschließlich seiner Albträume. Sie hörte interessiert zu, und stellte keine Zwischenfragen – und als Austin mit seinem Monolog geendet hatte, nahm er einen Bissen von der mittlerweile etwas abgekühlten Pizza. Der Käse war so zerlaufen, dass sich das vorgeschnittene Stück nur schwer vom Rest lösen ließ.

»Das ist ja... wirklich allerhand«, murmelte Piper und schien sich die richtigen Worte erst zurechtlegen zu müssen.

»Das Mädchen liegt also im Koma, sagtest du?«

»Ja. Sie sah wirklich nicht gut aus, und ich hoffe, dass sie es irgendwie schafft. Ich würde das sonst niemals verkraften können.«

Piper ließ das Pizzastück, welches sie in die Hand genommen hatte, sinken. Wortlos rückte sie noch dichter an ihn und legte ihre Hand auf seine Schulter. Es fühlte sich gut an, jemanden zu haben, mit dem man in dieser Situation reden konnte – bei Troy war das zwar auch der Fall gewesen, doch die Bindung zu seinem Kollegen und Freund war eben eine andere, wie die zu seiner langjährigen Ehefrau.

»Wie oft soll ich es dir denn noch sagen? Dich trifft keine Schuld. Dieses Mädchen... es ist einfach vor deinen Bus gesprungen. Bei den Sichtverhältnissen hattest du keine Chance.«

»Sie wurde geschubst«, murmelte Austin.

»Zumindest hat sie das erzählt.«

»In deinem Traum.«

Piper senkte ihren Ton etwas.

»Ich möchte deinen Gemütszustand nicht anzweifeln, Austin. Aber das war nur ein Traum. Sie kann nicht zu dir gesprochen haben, weil sie im Koma liegt.«

Irgendetwas gefiel Austin an dem Gespräch nicht, und er wollte nicht, dass es weiter in diese Richtung abdriftete. *Sie möchte mir nur beistehen und mich beruhigen. Zudem klingt das mit meinen Träumen auch einfach viel zu krass, als dass ich wirklich erwarten könnte, dass man mir das ernsthaft abnimmt.*

»Wie dem auch sei, ich hoffe, dass sich das alles irgendwie noch klären lässt. Und wie war dein Tag?«

»Ich habe nicht viel erlebt, war bloß ein wenig mit Deborah und Cindy shoppen.«

»Du hast aber doch gar nichts gekauft.«

»Du weißt doch, dass ich gerne einfach nur stöbere.«

Damit hatte sie den Nagel auf den Kopf getroffen – sie war eine Meisterin darin, durch verschiedenste Geschäfte zu streifen, und am Ende ohne etwas gekauft zu haben wieder die Läden zu verlassen. Sie unterhielten sich noch weiter, während sie die Pizzen verspeisten. Austin spürte jedoch, dass er seiner Frau gar nicht richtig zuhören konnte – denn er befand sich mit seinen

Gedanken weiterhin auf seinem Schreibtischstuhl, hinter dem Monitor. Er ging den Artikel über das Zugunglück mehrmals durch, und versuchte, neue Erkenntnisse zu gewinnen, scheiterte jedoch. Genau deshalb war er froh, als Piper ein paar Minuten später sagte:

»Ich würde jetzt gerne noch etwas fernsehen, ehe ich mich dann auch zu Bett begeben werde. Wie sieht es bei dir aus?«

»Ich muss noch etwas weiter recherchieren.«

»Okay, aber denk dran, dass du eine ordentliche Portion Schlaf gebrauchen kannst.«

»Apropos Schlaf. Ich schlage vor, dass ich die kommende Nacht auf der Couch verbringe – ich möchte dich nicht aufwecken, wenn ich wieder durch einen meiner Träume panisch erwache.«

»In Ordnung.«

Sie drückte ihm einen kurzen Kuss auf die Stirn, ehe sie bereits in Richtung Schlafzimmer verschwand. Ohne sich nochmal umzudrehen, trat sie in das Zimmer ein und schloss die Tür hinter sich. Austin wurde aus dem Verhalten seiner Frau irgendwie nicht schlau, versuchte allerdings, das zu verdrängen. *Wir befinden uns in einer enormen Stresssituation, und ich darf, trotz ihrer Fürsorge, nicht vergessen, dass es bei uns eigentlich ganz und gar nicht mehr gut läuft, und wir zeitweise sogar vor einer Trennung standen.* Der Gedanke, sie verlieren zu können, bereitete ihm in diesem Moment furchtbare Magenkrämpfe. Er war sogar zunächst dazu gewillt, kurz ins Schlafzimmer zu gehen, ließ es dann aber doch sein. *Es ist besser, wenn ich mit meinen Recherchen vorankomme.* So wirklich schaffte er das jedoch in den folgenden Stunden nicht, der Name *Sullivan P.* tauchte in keinem weiteren Artikel mehr auf. Irgendwann, es war bereits ziemlich spät geworden, schaltete Austin den Computer schließlich aus. Er war zwar die gesamte Zeit über aufgrund der nahezu schlaflosen, letzten Nacht müde gewesen, doch nun war er so erschöpft, dass er sich nur auf die Couch fallen lassen konnte und bestimmt eingeschlafen war, bevor er richtig lag. Er schaffte es noch, die Heizung ein bisschen höher zu drehen, da es in der Zwischenzeit doch merklich abgekühlt war im Wohnzimmer. An normalen Tagen hätte er das genossen und sich unter der Wolldecke verkrochen, doch heute bereitete ihm die Kälte einfach nur großes Unbehagen – was er auf den Schlafmangel schob. *Morgen muss ich dann erst einmal zum Arzt, und mich ein paar Wochen lang krankschreiben lassen. Ich kann mich in meiner aktuellen Verfassung nicht hinters Steuer setzen – das darf ich weder mir, noch anderen Verkehrsteilnehmern zumuten.* Das war der letzte Gedanke, der durch seinen Kopf geisterte, ehe er wieder ins Reich der Träume geglitten war.

9

Die Dunkelheit erwies sich erneut als treuer Begleiter. Dieses Mal gab es kein einziges Zeichen, welches ihm bei der Orientierung weiterhalf. Das Einzige, was er sagen konnte, war, dass es so kalt war, dass er eine Gänsehaut am gesamten Körper hatte. Er befand sich in einer derart unbequemen Lage, dass sein Rücken zu schmerzen begonnen hatte, was vermutlich an einem etwa faustgroßen Stein lag, den er sich darunter hervorzog. Er versuchte, aufzustehen, brauchte dafür jedoch mehrere Anläufe. Seine Beine fühlten sich ziemlich wackelig an und es war ihm nicht möglich, einen sicheren Stand zu finden, weshalb er seine Hände zur Hilfe nehmen musste. Er ertastete eine raue, kalte Steinwand neben sich, und nutzte diese, um, zwar langsam, aber immerhin, voranzukommen. Nach ein paar Minuten, in denen sich der Weg nicht verändert hatte, war er zu dem Schluss gekommen, dass er sich erneut im Tunnel befand. Er wusste nicht, warum er jetzt wieder an diesem Ort gelandet war, und vermutete daher, dass er bei seinem letzten Besuch – schlafend oder wach - etwas übersehen haben musste. Zumindest, wenn seine Theorie mit den Zeichen seines Unterbewusstseins stimmte. Ein paar Minuten später endeten die Schienen schließlich unter seinen Füßen, und er war in den Bereich gekommen, in dem sich bloß noch das mit Steinen gefüllte Gleisbett befand. Er ging auf die Knie und entschied sich dieses Mal dazu, etwas tiefer zu graben, als er das tagsüber, mit Troy an seiner Seite, getan hatte. Die Haut an seinen Fingern schürfte auf, während er versuchte, Stein um Stein zur Seite zu räumen. Einige Steine waren so scharfkantig, dass er spürte, wie er an mehreren Stel-

len zu bluten begann. Davon wollte er sich jedoch in diesem Moment nicht stoppen lassen, denn er fühlte sich seinem Ziel so nah, wie noch nie zuvor. Dementsprechend heftig spürte er auch seinen Herzschlag, sein Herz schien ihm aus der Brust herausspringen zu wollen. Er konnte sich gar nicht wirklich beruhigen. Als ihm sein Herzschlag schon schmerzhaft laut in der Brust und den Ohren dröhnte, erlaubte er sich eine kurze Pause. Mittlerweile hatte er bereits ein Loch mit der Tiefe eines halben Meters freigelegt. Da es weiterhin stockfinster war, musste er sich einzig und allein auf das Tasten mit seinen geschundenen Händen verlassen, und versuchte, etwas in der Öffnung herumzuwühlen. Plötzlich vernahm er ein dumpfes Geräusch hinter sich, welches mit jeder vergehenden Sekunde immer lauter wurde. Er intensivierte seine Bemühungen, grub schneller, warf Stein um Stein von der Stelle weg und bekam schließlich etwas zu greifen, was definitiv nicht dorthin gehörte. Er griff sich den Gegenstand, und registrierte, wie es im Tunnel plötzlich um einiges heller wurde. Die Lichtkegel gelber Scheinwerfer schnitten durch die Dunkelheit und drangen in jede einzelne Pore des Tunnels ein. Das Dröhnen eines herannahenden Zuges wurde immer lauter. Austin blinzelte erschrocken und richtete seinen Blick weg von dem Zug, der gefährlich näher rollte. Als er auf den Gegenstand blickte, den er ausgegraben hatte, sah er, dass es sich um einen Notfallhammer handelte. Die Farbe war an der oberen Seite bereits ein wenig abgeblättert, und auch ansonsten hatte der Zahn der Zeit seinen Abdruck auf dem Werkzeug hinterlassen. Er nahm den Hammer rasch an sich, verstaute ihn mit einer schnellen Bewegung in seiner Tasche und wollte aufspringen, um dem Zug so zu entgehen. Es blieb bei dem Versuch. Irgendetwas schien ihn festzuhalten. Er spürte einen Wi-

derstand und drehte sich um. Es lief ihm eiskalt den Rücken hinunter, als er sah, dass ihn tote Augen anblickten. Serenity Mason! Sie hatte ihre knochige Hand zu einer Faust geballt und sein T-Shirt fest umgriffen. Austin versuchte, sie von sich abzuschütteln, schaffte es jedoch nicht. Ihr Griff war einfach zu fest, zu erbarmungslos – und bot ihm keinen Spielraum für eine Bewegung. Mit weit aufgerissenen Augen und wild gestikulierend versuchte Austin, dem Lokführer zu signalisieren, dass dieser den Zug abbremsen sollte. Das Letzte, was er registrierte, bevor er von dem tonnenschweren Fahrzeug überrollt wurde, war die führerlose Kabine, die sich hinter der Glasscheibe an der Vorderseite der Lok befand.

Austin schlug die Augen auf, und spürte augenblicklich ein starkes Ziehen im Rücken. Er registrierte, dass er sich noch immer im Wohnzimmer befand, versuchte, sich aufzurichten, und stöhnte vor Schmerz auf. Er fühlte sich im wahrsten Sinne des Wortes, als wäre er von einem Zug überrollt worden. Ein schneller Blick auf die Uhr verriet ihm, dass es gerade einmal eine halbe Stunde her gewesen war, seit er sich schlafen gelegt hatte. Dementsprechend gerädert fühlte er sich auch. Noch dazu verspürte er Schmerzen, die er vorm Einschlafen nicht gehabt hatte. *Verdammt, was soll das denn? Kann ich etwa nicht mal mehr einschlafen?* Verzweifelt setzte er sich auf und schaltete das Licht an. Er konnte sich kaum vorstellen, dass das alles einzig und allein mit dem Unfall zusammenhing. *Was, verdammt, möchte mir mein Unterbewusstsein denn mitteilen? Habe ich wirklich etwas so Deutliches übersehen?* Er zermarterte sich eine Weile den Kopf und ging den vergangenen Tag nochmal vom Anfang bis zum Ende durch, gewann dadurch jedoch auch keine neuen Erkenntnisse. *Ich muss einfach eine Lösung für das Problem finden. Ansonsten richtet mich meine Schlaflosigkeit noch zu Grunde.* Es war zwar erst die zweite Nacht, in der er in einer gefühlt endlosen Spirale seiner Albträume gefangen war, doch es fühlte sich schon so an, als würde er das bereits eine ganze Woche lang mitmachen. *Piper und Troy müssen morgen wieder ganz normal arbeiten. Ich bin also auf mich allein gestellt... doch wo soll ich anfangen? Ich habe doch schon das Ganze, verdammte Internet auf den Kopf gestellt.* Langsam ging sein Atem ruhiger und seine Gedanken rasten nicht mehr. Die Nachwirkungen des Albtraums ließen nach.

Jetzt, wo er sich ein wenig beruhigt hatte, bemerkte er den Schmerz, der von seinen Händen ausging. Er sah sie sich an und erschrak. *Wie ist das denn bitte passiert?* Überall an den Fingerkuppen und den Handrücken war die Haut aufgerissen und zum Teil blutverkrustet. Sogar der ein oder andere Fingernagel war abgebrochen. Er rief sich dann jedoch in Erinnerung, dass er ja tatsächlich im Gleisbett gegraben hatte – nur eben mitten am helllichten Tag und in Begleitung von Troy. *Habe ich dabei wirklich so heftige Blessuren davongetragen? Das habe ich gar nicht mitbekommen.* Der Schlafmangel brachte nun auch noch Kopfschmerzen mit sich, und diese sorgten dafür, dass er sich nicht in der Lage dazu fühlte, klar zu denken. Es fühlte sich so an, als wäre der Nebel, der gestern den gesamten Tag über geherrscht hatte, auf direktem Wege in seinen Kopf weitergezogen und hatte sich dort ausgebreitet. Da er wusste, dass er sowieso nicht einschlafen können würde, ohne nach wenigen Minuten erneut aus einem Albtraum hochzuschrecken, entschied er sich kurzer Hand dazu, erneut zum Bahnhof *Lemon Road* zu fahren. Er steckte sich eine Taschenlampe ein, zog sich die Jacke an und verließ das Haus. Er rief sich ein Taxi, da er sich in seiner Verfassung besser nicht hinter das Steuer setzen sollte. Nach einer Viertelstunde kam das Taxi und Austin stieg ein.

»Zum Bahnhof Lemon Road, bitte«, sagte er knapp, ehe der Fahrer, der sich ebenfalls nicht als allzu gesprächig erwies, anfuhr.

Während der Fahrt fiel es ihm schwer, die Augen offen zu halten. Die selbst um diese Zeit noch hell erleuchtete Stadt zog an ihnen vorbei, die Lichter vermischten sich miteinander und funkelten vor seinem inneren Auge in vielen verschiedenen Farben. Er döste mehrmals kurz ein, trat jedoch nie über die Schwelle ins Reich der Träume. Etwa zwanzig Minuten später stoppte der Taxifahrer in unmittelbarer Nähe des neugebauten Bahnhofs. Dieser präsentierte sich um diese Uhrzeit noch voll beleuchtet, während daneben der alte mitsamt dem Tunnel in einer tiefen, unheimlich anmutenden Dunkelheit lag. Austin bezahlte seine Fahrt und gab dem Fahrer ein großzügiges Trinkgeld, ehe er sich von dem Mann verabschiedete. Als der Wagen hinter der nächsten Kurve verschwunden war, zog er sich den Kragen seiner Jacke bis übers Kinn und machte sich auf den Weg in Richtung des alten Bahnhofs. Eine Treppe führte vom neuen Gleis aus direkt zum Tunnel. Diese entpuppte sich als Abkürzung und er fand sich direkt an der Rückseite des stillgelegten Bahnhofgebäudes wieder. Er kramte die Taschenlampe hervor, schaltete sie an, und schwenkte den gelben Lichtkegel durch die unmittelbare Umgebung. Er musste sich durch einige Büsche und Sträucher kämpfen, ehe er schließlich ein paar Minuten später den Eingang des Tunnels erreicht hatte. Mit einem Gefühl von Aufregung, gespannter Erwartung gepaart mit einer diffusen Angst, wagte er sich in die Dunkelheit hinein. Es fühlte sich doch nochmal ganz anders an, diesen Weg alleine zu bestreiten, niemanden dabei zu haben, der zumindest einen Ansatz von Schutz vermittelte. Er wusste jedoch, dass er das jetzt durchziehen musste. Er straffte die Schultern, atmete nochmal tief durch und versuchte, die aufkommenden Gefühle zu ignorieren.

So ganz gelang ihm das allerdings nicht, während er den Schienen folgte, die ins Innere des Tunnels führten. Vom Tunneleingang her wehte ein schneidend kalter Wind. In dieser Nacht fielen zwar keine Schneeflocken vom Himmel, was jedoch nichts an dem Umstand änderte, dass es einfach verdammt kalt war. Kurze Zeit später waren seine Fingerspitzen bereits taub geworden, und er ärgerte sich in diesem Moment darüber, dass er keine Handschuhe trug. *Immerhin habe ich an die Taschenlampe gedacht – die ist auch viel wichtiger, als die Handschuhe.* Da er das Gefühl hatte, immer mal wieder Geräusche zu hören, bei denen er sich sicher war, dass er sie nicht erzeugt hatte, schwenkte er die Taschenlampe hin und her und leuchtete jede Ecke des Tunnels aus. Der Eindruck, den er am Tag gehabt hatte, hatte ihn nicht getäuscht. Die Wände waren wirklich so dreckig, wie er gedacht hatte, und zeugten von jahrelanger Benutzung des Tunnels. An einigen Stellen floss sogar Wasser über den Stein, dessen Ursprung sich Austin jedoch nicht so ganz erklären konnte. *Vermutlich sind die Schneeflocken, die sich durch die Ritzen im Mauerwerk gebahnt haben, einfach geschmolzen, und haben diesen dünnen Film hinterlassen.* Er bezweifelte zwar, dass in unmittelbarer Umgebung Plusgrade herrschten, konnte jedoch auch diesen Gedanken mit einem schnellen, bestimmten Kopfschütteln vertreiben. *Vermutlich kommt mir das auch nur so extrem vor, weil ich in den gottver-*

dammten letzten zwei Nächten nur ein paar Minuten geschlafen habe – wenn überhaupt. Etwas schnelleren Schrittes wagte er sich weiter voran, und hatte schließlich die Stelle erreicht, die das Ende der Schienen markierte. Er legte die Taschenlampe neben sich auf dem Boden ab und richtete den Lichtkegel in die Richtung aus, in der er damit beschäftigt war, die Steine zu entfernen und sich darunter etwas umzusehen. Er hob immer wieder unruhig den Kopf, da er das Gefühl nicht loswurde, dass sich in jeder Sekunde ein Zug nähern könnte – was vermutlich Schwachsinn war. *Selbst, wenn das passiert, dann höre ich den auf jeden Fall rechtzeitig und kann mich neben den Gleisen in Sicherheit bringen.* In seinen Träumen war immer das Problem gewesen, dass er vor Schock erstarrt gewesen war – sowohl auf den Bahngleisen im Tunnel, als auch auf dem Stuhl im Krankenhaus, auf dem sich ihm die mehr tote als lebendige Serenity Mason genähert hatte, um ihn umzubringen. Er konnte sich zwar immer noch nicht erklären, wie sich die Vorhänge so stark um seinen Hals gewickelt haben konnten, dass es schon eine brenzlige Situation geworden war, dachte da jedoch jetzt nicht drüber nach. Er ließ sich nicht weiter beirren und widmete sich weiterhin der Tätigkeit, Stein für Stein aus dem Gleisbett zu nehmen und ein Loch freizulegen. Enttäuscht nahm er zur Kenntnis, dass sich dort jedoch, mit Ausnahme der zerstörten Schienen, nichts befand – kein Notfallhammer oder kein sonstiger, interessanter Gegenstand, der auf das Zugunglück von vor siebzehn Jahren hindeutete. Er wusste selbst nicht, was er erwartet hatte, spürte aber, dass er enttäuscht war. *Aus meinen Träumen kann ich wirklich nicht schlau werden*, dachte er, während er sich von der Stelle abwandte, die den Übergang zu den alten Schienen markierte. *Ein Teil davon stimmt, doch ein anderer ist immer ziemlich an den Haaren herbeigezogen. So war es bisher jedes Mal.* Er stützte sich an der Wand ab und gelangte so wieder auf die Beine. Er war schon so weit, mit der Taschenlampe in der Hand den Rückzug anzutreten, als er eine Stimme hörte, die durch die Dunkelheit des Tunnels hallte.

»Hallo?«

Sie tauchte so plötzlich und unerwartet auf, dass Austin heftig zusammenzuckte. Geistesgegenwärtig kramte er die Taschenlampe wieder hervor, und richtete den Lichtkegel in die Richtung, aus der er die Stimme vernommen hatte. Zunächst konnte er nur weit entfernte Schemen wahrnehmen, und da die Gestalt keine Anstalten machte, ihm näherzukommen, setzte er sich in Bewegung und versuchte dabei, sich seine Unsicherheit nicht anmerken zu lassen. Ein paar Schritte später konnte er einen Mann erkennen. Sein Äußeres ließ darauf schließen, dass es sich um einen Obdachlosen handelte – und zwar um einen, der bereits jahrelang auf der Straße lebte. Seine Klamotten hingen ihm in Fetzen vom Körper und ihre ursprüngliche Farbe war durch den Schmutz nur noch zu erahnen. Sein Gesicht war zudem von Kratzern und Striemen übersät, die darauf hinwiesen, dass er die eine oder andere körperliche Auseinandersetzung hinter sich hatte.

»Was machen Sie hier unten?«

Da der Mann bis auf sein erstes Wort kein weiteres verloren hatte, ergriff Austin die Initiative und sprach ihn an. Dabei versuchte er, seine Unsicherheit ein wenig zu überspielen. Der Mann schien, so wie er aussah, alles andere als vertrauenswürdig zu sein.

»Ich... lebe hier«, stammelte dieser und versuchte, ein Grinsen zustande zu bringen.

Das misslang ihm jedoch gehörig, seine Mundwinkel zuckten zwar nach oben, doch der Ausdruck auf seinem Gesicht wirkte alles andere als offen und freundlich, sondern eher verkrampft und schief. *Vermutlich hat die Seele dieses Mannes in den letzten Jahren einen derart heftigen Schaden genommen, dass ihm nichts anderes übriggeblieben ist, sich hier, fernab von jeglicher Zivilisation, zu verkriechen.* Ein alter, stillgelegter Eisenbahntunnel war für ein solches Vorhaben schließlich optimal. Dennoch gab sich Austin mit seiner Einschätzung nicht zufrieden, sondern wollte diesbezüglich mehr herausfinden. Er hoffte, dass er den Fremden in ein Gespräch verwickeln könnte, um festzustellen, ob seine Vermutungen der Wahrheit entsprechen würden. Er konnte das, was der Mann erzählte, irgendwie nicht glauben, weshalb er nachhakte.

»Hier unten, im Tunnel?«

»Ja. Tagsüber versuche ich, mir in der Stadt ein paar Dollar zu verdienen, doch die Menschen sind mit der Zeit geiziger geworden. Früher habe ich mehr Geld bekommen. Nachts verziehe ich mich dann hier in den Tunnel. Da ist es wenigstens trocken. Und es stört keinen, wenn ich mal ein Feuer mache, damit ich mir eine Dose Suppe aufwärmen kann.«

Der Mann legte eine kurze Pause ein, ehe er weitersprach.

»Ich habe zum Glück einen Schlüssel für den Toilettenraum, der in der Nähe des Notausganges liegt.«

Austin wurde bei seinem letzten Satz hellhörig.

»Wie sind Sie an den Schlüssel herangekommen?«

»Nun, ich habe ihn einfach damals behalten, nachdem ich meinen Dienst als Lokführer vor knapp siebzehn Jahren niederlegen musste.«

Austin spürte, wie es ihm kalt den Rücken hinunterlief. So langsam fügte sich ein klares Bild zusammen – und um das letzte, noch fehlende Puzzleteil zu bekommen, erkundigte er sich nach dem Namen des Obdachlosen.

»Sullivan Parker«, antwortete dieser und zog eine Augenbraue hoch.

»Aber warum wollen Sie das wissen?«

10

Austin rasten in diesem Moment so viele Gedanken durch den Kopf, dass sein Verstand nur noch auf Sparflamme arbeiten konnte. Er hatte das Gefühl, sich nicht mehr auf den Beinen halten zu können, stützte sich an der Wand ab, und ließ sich auf den Boden sinken.

»Ist alles in Ordnung?«, erkundigte sich Sullivan.

»Ja, danke.«

Er versuchte, sich seine nächsten Worte zurechtzulegen, da er nicht wollte, dass sich das, was er mitzuteilen hatte, falsch anhören würde.

»Genauer gesagt habe ich genau nach Ihnen gesucht.«

Er registrierte, wie Sullivan im Licht der Taschenlampe eine Augenbraue hochzog.

»Sie haben nach mir gesucht? Aber warum? Mich hat seit Jahren keiner gesucht.«

Er wirkte in diesem Moment fast ein wenig traurig.

»Ich weiß von dem Unfall von vor siebzehn Jahren«, platzte Austin heraus, da ihm keine besonders gute Einleitung zu seinem Anliegen einfiel. Jedes Nachdenken strengte seinen Kopf in seiner aktuellen Verfassung zu sehr an, und so entschied er sich einfach dazu, geradeheraus die Wahrheit zu sagen und begann, seine Geschichte zu erzählen. *Der Mann wird in den vergangenen Jahren schon zu viel erlebt haben, um mich für verrückt zu halten.* Er versuchte, während er erzählte, den Gesichtsausdruck seines Gegenübers zu deuten. Sullivan hörte ihm interessiert zu und mischte sich nicht ein einziges Mal ein. Es dauerte dann sogar ein paar Sekunden, ehe er nach Austins

Monolog antwortete.

»Das deckt sich mit dem, was ich damals erlebt habe. Zumindest in einigen Punkten.«

Austin wurde hellhörig. Er hatte mit vielem gerechnet – doch nicht mit einer solchen Antwort.

»Wie meinen Sie das genau?«

»Kommen Sie mit, dann erzähle ich Ihnen davon. Ich habe mein Nachtlager samt Feuerstelle ganz in der Nähe aufgeschlagen.«

Austin entschied sich nach kurzem Zögern, dass er dem Mann vertrauen konnte, und folgte ihm mit der Taschenlampe in der Hand in die Dunkelheit hinein. Von der Position aus, an der sie sich gerade befanden, war noch kein Lichtschein eines Feuers zu sehen, was jedoch nichts bedeuten musste – der Tunnel war immerhin ziemlich groß und bot mit Sicherheit einige versteckte Nischen und nicht gut zugängliche Winkel. Ein paar Minuten später hatten sie besagte Feuerstelle erreicht. Bis auf einen Schlafsack, ein paar auf dem Boden verteilten Kleidungsstücken und leeren Konservendosen befand sich nichts Weiteres dort.

»Setzen Sie sich gerne.«

Austin folgte dem Angebot des Mannes und nahm am Feuer Platz. Er rückte etwas näher heran, um mithilfe der Hitze, die die Flammen abgaben, seine Hände aufzuwärmen. Es dauerte etwas, bis der Blutfluss wieder in Gange kam, und währenddessen lauschte er den Worten, die Sullivan sprach.

»Zunächst einmal muss ich sagen, dass es mich freut, dass ich von der Welt nicht komplett vergessen wurde. Der Tag, an dem der Unfall passiert war, war der schwärzeste, den ich jemals erlebt habe. Ich habe mir lange Vorwürfe gemacht, obwohl ich eigentlich keine Schuld daran hatte – immerhin war technisches

Versagen der offizielle Grund, was Sie sicherlich bereits in dem Artikel gelesen hatten.«

Der Mann strich sich durch den Bart und richtete seinen Blick in die Glut der Flammen. Es war ihm deutlich anzusehen, dass er mit sich zu kämpfen hatte, was Austin gut verstehen konnte. *Es muss hart sein, nach so vielen Jahren wieder aufs Neue daran erinnert zu werden. Er wird die vergangene Zeit dazu genutzt haben, das alles zu verarbeiten – und jetzt sorgt mein Auftauchen dafür, dass seine alten Wunden wieder aufbrechen.* Austin fühlte sich in diesem Moment nicht nur gerädert, müde und erschöpft, sondern er fühlte sich auch schuldig und ihn plagte das schlechte Gewissen. Dem Mann schien die Erinnerung an die damaligen Erlebnisse sehr zu schaffen zu machen. Dennoch hatte er keine andere Wahl. Er musste mehr von dem Mann erfahren, denn eventuell war der Lokführer, der bei dem Unfall von damals am Steuer gesessen hatte, die einzige Person, die ihm aus seiner prekären Lage helfen konnte.

Sullivan Parker redete weiter und Austin hatte den Eindruck, dass er froh war, seine Geschichte erzählen zu dürfen.

»Es war aber weder ein technischer Fehler der Bahn, noch menschliches Versagen der Grund für den Unfall. Das Ganze war schlicht und ergreifend auf einen Riesenfehler der Baufirma zurückzuführen, die sich um die Verlegung der Schienen gekümmert hatte. Durch einen Fehler in der technischen Skizze wurden die alten Gleise zwar dem Erdboden gleich gemacht, die neuen jedoch nur bis zu der Stelle gelegt, an der die Zeichnung einen Übergang signalisieren sollte. Kurzum: es sollte eigentlich nur die Hälfte der Gleise neu verlegt werden – plattgemacht wurden allerdings alle. Und das war dann schließlich auch der Grund, weshalb der Zug bei seiner ersten Fahrt durch den Tunnel entgleist ist – und mehrere Menschen ums Leben gekommen sind.«

Sullivan schluckte. Er hielt seinen Blick weiterhin in die Flammen gerichtet, und schien nicht in der Lage zu sein, ihn anzusehen. Austin konnte jedoch auch sehen, wie sich die Flammen in seinen Pupillen spiegelten – dem Mann standen Tränen in den Augen, das war unübersehbar.

»Und dieser Fehler hat mich für immer ruiniert. Ich konnte meinen Job nicht mehr ausüben, und wurde fortan von Albträumen geplagt, die mir schlaflose Nächte beschert haben. So, wie es eben auch bei Ihnen ist. Ich bin jedoch froh, das alles mittlerweile hinter mir gelassen zu haben – auch, wenn das, was passiert ist, tiefe Narben in meinem Inneren hinterlassen hat.«

»Wie haben Sie es geschafft, die Albträume loszuwerden?«, fragte Austin und hoffte, endlich die Antwort auf seine Probleme zu bekommen.

»Ich befinde mich zwar jetzt erst in der zweiten, schlaflosen Nacht, merke jedoch, wie ich langsam an meine Grenzen komme. Ich habe Angst, dass mein Körper irgendwann seinen Dienst einstellt, wenn das so weitergeht.«

»Ich habe mich mit Drogen vollgepumpt, bis ich irgendwann in der Notaufnahme gelandet bin. Ich war klinisch tot, ehe mich die Ärzte zurück ins Leben geholt hatten.«

Austin spürte, wie die Worte des Mannes dafür sorgten, dass er mit einem Mal schlimme Magenkrämpfe bekam.

»Danach hat es aufgehört?«

Sullivan nickte.

»Ich hatte zwar natürlich manchmal noch Albträume gehabt, allerdings haben mich diese nie wieder um den Schlaf gebracht.«

»Das klingt für mich nicht wirklich ermutigend.«

Austin spürte, wie seine Hände zu zittern begannen. Die Last, die auf seinen Augenlidern lag, war in diesem Moment tonnenschwer und kaum zu ertragen.

»Ich weiß, aber ich wollte Ihnen gegenüber wirklich absolut ehrlich sein. Ich hatte diese Schlaflosigkeit für eine gesamte Woche nach meinem Unfall, ehe ich durchgedreht, und beinahe unter der Erde gelandet bin.«

Schlafmangel macht irgendwann irre, dachte Austin. *Es ist der Vorbote des Wahnsinns.* Obwohl er in der Zwischenzeit noch näher an die Flammen gerückt war, kam die Wärme nicht gegen seine innere Kälte an – er fröstelte, und fühlte sich, als würde er erfrieren.

»Ihnen muss nicht dasselbe passieren.«

Sullivan hob seinen Blick. Er schien sich mittlerweile wieder gefangen zu haben. Seine Stimme klang nun wieder etwas fester, nicht mehr so tonlos und brüchig.

»Es gibt zwar Parallelen, doch das alles kann die logische Folge eines Unfalls sein. Verdammt, das ist doch gerade mal etwas mehr als vierundzwanzig Stunden her – Sie sollten sich nicht zu viele Gedanken darüber machen!«

Austin nickte mechanisch, glaubte jedoch die Worte des Mannes nicht wirklich. *Er war klinisch tot und hat vermutlich nur durch Glück überlebt. Muss das bedeuten, dass mich dieser Schlafmangel etwa geradewegs in den Tod treibt?* Er fühlte sich in diesem Moment so verzweifelt, wie noch nie zuvor in seinem Leben – dessen war er sich sicher.

»Kann man sich über so etwas überhaupt zu viele Gedanken machen?«, fragte Austin.

»Die Situation zermürbt mich. Ich hoffe, ich komme einer Lösung des ganzen bald näher – ohne dabei draufzugehen.«

»Sie haben meinen Segen. Und wenn ich Ihnen behilflich sein kann, dann geben Sie mir gerne Bescheid.«

»Ich danke Ihnen jedenfalls für Ihre Offenheit. Ich glaube, dass ich ein Stück weitergekommen bin, ich kann das nur noch nicht so ganz einordnen.«

Austin stand auf und reichte dem Mann die Hand.

»Sie wollen schon wieder los?«

Die Stimme von Sullivan klang fast ein wenig enttäuscht. Er hätte dem Mann gerne weiterhin Gesellschaft geleistet, wollte jedoch nicht, dass Piper sein Fehlen bemerken, und sich unnötig Sorgen machen würden.

»Ich hätte Ihnen gerne noch eine Weile Gesellschaft geleistet, doch irgendwie sehne ich mich nach einer ordentlichen Mütze Schlaf, und hoffe, dass ich die auch mal bekommen werde.«

Das war zwar eine halbe Lüge, würde den Mann aber nicht dazu ermuntern, weitere Fragen zu stellen. Sullivan seufzte und verabschiedete ihn, nachdem er ihn bis zu der Stelle, an der sie sich getroffen hatten, gebracht hatte. Während Austin den Tunnel wieder verließ und dabei jede einzelne Ritze des Mauerwerkes ausleuchtete, um vielleicht doch noch auf versteckte Hinweise zu stoßen, spürte er, dass er regelrecht Angst davor hatte, die Augen zu schließen. Dennoch wusste er, dass er das tun musste, wenn er seinem Körper eine Erholung gönnen und keinen Zusammenbruch erleiden wollte. Draußen wieder angekommen, zog er sein Handy hervor und wählte die Nummer des Taxidienstes, mit dem er zuvor bereits zum Bahnhof gelangt war. Dieses Mal klingelte es ein wenig länger und in dem Moment, in dem er bereits auflegen wollte, meldete sich eine weibliche Stimme am Telefon. Austin versuchte, sich möglichst kurz zu fassen und ein Taxi zum Bahnhof *Lemon Road* zu bestellen –

wurde jedoch abgewiesen.

»Es tut mir leid, Sir, aber es sind zum gegenwärtigen Zeitpunkt leider keine Fahrzeuge verfügbar.«

»Wie meinen Sie das?«, fragte Austin verdutzt.

»Es ist immerhin die Nacht von Sonntag auf Montag.«

»Das ist richtig, allerdings fahren wir in eben dieser Zeit nur mit verringerter Kapazität. Zudem haben wir kurzfristigen Personalmangel zu beklagen.«

Austin seufzte auf. Da er wusste, dass die Frau am Telefon nicht die Schuld an seiner Situation hatte, sagte er:

»Trotzdem vielen Dank. Auf Wiederhören.«

Er beendete das Gespräch und steckte das Handy weg. Es hatte ihm gerade noch gefehlt, den Heimweg mit den öffentlichen Verkehrsmitteln anzutreten – noch dazu wusste er noch nicht mal, ob um diese Uhrzeit überhaupt bereits wieder Busse und Bahnen fuhren. Ein Blick auf die Uhr verriet ihm, dass es kurz nach drei Uhr nachts war. Der Himmel war heute wieder wolkenverhangen, weshalb keine Sterne am Firmament zu sehen waren. Die kühle Luft, die ihn empfing, hatte allerdings auch etwas Gutes – sie sorgte dafür, dass er zumindest im Ansatz einen klaren Kopf hatte. Anstatt es bei weiteren Taxidiensten zu versuchen, von denen es noch ein paar in der Stadt gab, wagte er sich zum Gleis des neuen Bahnhofs. Weit und breit war keine Menschenseele zu sehen. Die Anzeige verriet, dass in zwanzig Minuten eine Bahn eintreffen würde, also wartete er. Er hätte sich liebend gerne auf eine der metallenen Sitzgruppen, von denen es zahlreiche am Bahnsteig gab, niedergelassen. Er entschied sich aber, stehen zu bleiben, da er nicht riskieren wollte, die Ankunft seines Zugs zu verschlafen, und statt in einem warmen Waggon, wieder aus einem seiner Albträume zu erwachen. Es war unbestritten, dass ihm dies erneut bevorstand, denn es gab schließlich keinen Grund, weshalb sich das auf einmal ändern sollte. Während er so in seinen Gedanken versunken am Bahnsteig stand, schlichen sich die Worte vom ehemaligen Lokführer Sullivan Parker wieder in seine Gedanken – und wollten sich gar nicht mehr vertreiben lassen. *Es hörte erst auf, nachdem ich mich so mit Drogen vollgepumpt habe, dass ich klinisch tot war.* Er konnte die Worte des Mannes gut nachvollziehen, Schlaflosigkeit war eine ernste Sache, und vielleicht die schlimmste Folter, die man einem Menschen antun konnte – was selbst heutzutage auch noch praktiziert wurde, wo genau, das hatte Austin allerdings vergessen. *Ich bin eine Geisel meines Körpers.* Er versuchte, den Gedanken weiter zu spinnen, obwohl ihn das enorm anstrengte. *Mein Unterbewusstsein treibt mich dazu, foltert mich mit Schlaflosigkeit. Ist das alles wirklich nur in Folge des Unfalls passiert?* Je tiefer er sich in diesen Gedanken verlor, desto mehr spürte er, dass das nicht der einzige Grund sein konnte – auch, wenn die Parallelen zum Fall Sullivan Parker nicht zu bestreiten waren. Die zwanzig Minuten, die er damit verbrachte, am Bahnsteig auf und ab zu gehen und Sauerstoff in seinen Blutkreislauf zu pumpen, zogen sich wie Kaugummi. Als er das leise Rauschen der Schienen vernahm, die den einfahrenden Zug ankündigten, atmete er erleichtert auf. Der Waggon, in den er stieg, war komplett menschenleer, was ihn um diese Zeit nicht wunderte. *Für die, die Frühschicht haben, ist das vermutlich noch eine Stunde zu früh. Hier trifft man jetzt nur das Volk, welches durch die Nacht streunt – viele davon werden wahrscheinlich nicht mal einen festen Wohnsitz haben.* In den Waggons vor und hinter ihm entdeckte er vereinzelt Leute, die in den Sitzgruppen Platz genommen hatten – diese waren jedoch an einer Hand abzuzählen. Austin nahm auf dem weichen Polster Platz und lehnte sich zurück. Ihm stand nun eine halbe Stunde Fahrt bevor, weshalb er sich zunächst einmal entspannen können würde. Da weit und breit niemand anderes zu sehen war, streckte er seine Füße aus und legte sie auf dem gegenüberliegenden Sitz ab. Er atmete tief durch und blickte durch die Fenster. Die nächtliche Stadt zog an ihm vorbei, und die Lichter wurden an einigen Stellen mal mehr, und an anderen mal weniger. Kurze Zeit später durchquerte der Zug bereits ein kleines Waldstück, weshalb es, bis auf das schummrige, leicht flackernde Licht im Inneren, keine andere Beleuchtung gab. Austin konnte seine Augenlider nur noch halboffen halten, und selbst das fiel ihm mit der Zeit immer schwerer, weshalb er sich geistesgegenwärtig dazu entschied, sie zu schließen. Die Position, in der er auf dem Sitz Platz genommen hatte, erwies sich in diesem Moment als überaus bequem – weshalb er schon wenige Minuten später weggedämmert war und die Schwelle ins Reich der Träume, die ihn geradewegs in den nächsten Albtraum führte, übertreten hatte.

11

Seine Knie fingen bereits an zu brennen, doch er wusste, dass er diesen Weg um jeden Preis zurücklegen musste. Was ihn am Ende der schier endlosen Treppe erwarten würde, wusste er hingegen nicht. Konnte es sich dabei wirklich um die Antwort auf alle Fragen, die ihm am heftigsten auf der Seele lasteten, handeln? Er musste es einfach herausfinden, und dafür würde er sogar bis an seine Grenzen, und vermutlich auch darüber hinaus, gehen. Seinen Blick weiter nach vorne gerichtet, brachte er Stufe um Stufe hinter sich. Da es um ihn herum absolut dunkel war, hatte er nichts, was er als Anhaltspunkt nehmen konnte, um sich zu orientieren oder eine Ahnung zu bekommen, wo genau er sich befand. Ein paar Minuten später war der Weg jedoch zu Ende, er hatte die letzte Stufe erfolgreich hinter sich gebracht und nahm sich einen Moment Zeit zum Durchatmen. Sein Herz pochte wie wild in seiner Brust, es schien förmlich herausspringen zu wollen. Nur ein paar Sekunden später, er hatte gerade seinen Weg, der ihn nicht mehr nach oben, sondern nach vorne führte, fortsetzen wollen, wurde es hell um ihn herum. Lichter leuchteten in vielen verschiedenen Farben auf, und zeigten ihm, an was für einem Ort er sich befand. Selbiger war ziemlich heruntergekommen. Der Zahn der Zeit hatte sowohl an den Wänden, als auch an dem Boden und der Decke genagt und seine Spuren hinterlassen. Als er seinen Blick nach vorne richtete, stockte ihm der Atem. Dort, auf einem imposant wirkenden Thron, saß eine Gestalt, die alles andere als menschlich aussah. Er spürte, wie die Angst in Wellen über ihn zusammenbrach, und ihn dazu zwang, sich wieder Richtung Dunkelheit zurückzu-

ziehen. Er brauchte sich der Gestalt jedoch nicht weiter nähern, sie hatte ihn, den Eindringling, bereits entdeckt, und funkelte ihn mit Argusaugen an.

»Was... ist das hier?«

Er brachte die Worte nur stotternd hervor. Der Punkt, bis zu dem er eine gewisse Selbstsicherheit vorspielen konnte, war überschritten, weshalb er sich absolut panisch und hilflos fühlte.

»Ich bin dein Unterbewusstsein.«

Die Worte der Gestalt klangen sanfter, als er es erwartet hatte. Da zumindest für den Moment von keiner unmittelbaren Gefahr auszugehen war, wagte er sich sogar ein Stück näher heran.

»Mein Unterbewusstsein?«

Unsicher, in welche Richtung sich das Zusammentreffen mit der Gestalt weiterentwickeln würde, hakte er nach.

»Was ist denn los? Warum sprichst du mit mir – und warum muss ich mich jetzt mit den Albträumen und der einhergehenden Schlaflosigkeit abfinden?«

»Du hast durch deine Unachtsamkeit am Steuer des Busses eine Schuld auf dich geladen, die du für dein Leben nicht mehr loswirst. Du wirst bis in deinen Tod hinein damit zu kämpfen haben.«

Er spürte, wie er zu zittern begann. Auf einmal behagte ihm die Situation ganz und gar nicht mehr. Er wollte einfach nur verschwinden – doch der Raum bot keine Fluchtmöglichkeit, auch die Treppenstufen, die er gerade erst hochgestiegen war, waren auf einmal verschwunden.

»ICH WILL DAS ABER NICHT!«, schrie er.

»Ich habe nichts getan. Ich konnte dem Mädchen doch nicht ausweichen!«

»Versuchst du wirklich, deinem Unterbewusstsein etwas vorzu-
spielen? Du kannst dich selbst nicht belügen.«
Die Worte trafen ihn mit einer Härte, die er in diesem Moment
nicht ertragen konnte.
»Ich möchte doch einfach nur meinen Frieden!«
Er sank auf die Knie, begrub sein Gesicht in seinen Händen und
fing an zu heulen. Die ganze Situation schien ihn in diesem
Moment mit ihrem gesamten Gewicht erdrücken zu wollen. Er
konnte nicht anders und ließ sich von seinen Gefühlen überwäl-
tigen
»Ich sterbe erst, wenn du stirbst«, waren schließlich die letzten
Worte, die er hörte, ehe er schreiend und mit Schweißperlen auf
der Stirn aufschreckte.

Austin zuckte zusammen, und blickte mit noch immer klopfen-
dem Herzen dem Kontrolleur, der sich direkt vor ihm befand,
ins Gesicht. Ein Blick nach draußen verriet ihm, dass er sich
nicht am Ende einer Treppe sondern im Zug befand und sein
Ziel noch nicht erreicht hatte. Es waren vermutlich erst fünf
oder zehn Minuten vergangen, seit er kurz weggenickt war. Der
Mann schien an einer der vergangenen Haltestellen zugestiegen
zu sein und nun seinen Fahrschein sehen zu wollen.
»Ähm...«
Austin konnte dem strengen Blick des Mannes nicht standhalten
und wandte sich daher ab. *Natürlich. Ich hatte doch wahrlich*
genug Zeit, einen Fahrschein zu lösen, habe das aber verges-
sen, weil mein Kopf einfach randvoll ist. Da er wusste, dass er
dem Mann seine prekäre Situation nie im Leben verständlich
erläutern können würde, sagte er schlichtweg schuldbewusst:
»Ich habe keine Fahrkarte.«

Er kramte sein Portemonnaie aus der Hosentasche heraus und zog einen einhundert Dollar Schein hervor.

»Ich habe es einfach vergessen, okay? Vergessen wir das Ganze.«

Er bot dem Mann den Geldschein an, den dieser stirnrunzelnd annahm.

»Nun denn, wo möchten Sie ihre Fahrt denn beenden?«

Austin nannte ihm seinen Zielbahnhof, woraufhin der Zugbegleiter mit einem grimmigen Ausdruck im Gesicht verschwand. Er ärgerte sich zwar insgeheim darüber, dass er die einhundert Dollar so leichtfertig hergegeben hatte – immerhin war das hart erarbeitetes Geld gewesen. Doch er war auch froh, dass seine Aktion keine Konsequenzen mit sich bringen würde, denn das konnte er momentan am wenigsten gebrauchen. *Erst randaliere ich im Krankenhaus und bringe mich dabei fast um, und dann fahre ich schwarz und riskiere noch eine fette Geldstrafe.* Jetzt, wo er wieder alleine war, versuchte er, über das nachzudenken, was er in seinem Traum gesehen hatte. *Das war wirklich mein verdammtes Unterbewusstsein, in Form einer Kreatur, die aussah, als würde sie direkt einem Horrorfilm entspringen.* Die kurze Zeit, die er in der anderen Welt verbracht hatte, hatte ganz und gar nicht dafür gesorgt, dass er sich nun entspannter fühlte – das Gegenteil war eher der Fall. Er versuchte, seine Augen krampfhaft offen zu halten, und schaffte das tatsächlich, bis der Zug in seinen Zielbahnhof einfuhr. Als die Tür sich vor ihm aufschob und er aussteigen konnte, wurde er wieder von der erbarmungslosen, schneidenden Kälte empfangen, die augenblicklich tief in seine Glieder eindrang. Er steckte sich die Hände tief in die Hosentaschen, brachte den zehnminütigen Fußweg hinter sich und war froh, als er sich wieder im Inneren seiner Wohnung befand. Da es in der kompletten Wohnung dunkel und still war, ging er davon aus, dass Piper nichts von seinem nächtlichen Aufbruch mitbekommen hatte. Auf Zehenspitzen schlich er über den Flur, nachdem er die Wohnungstür leise ins Schloss fallen gelassen hatte. Sein Ziel war das Wohnzimmer, auch, wenn er noch nicht ganz wusste, was er dort mit seiner Zeit anfangen sollte. Bis zum Sonnenaufgang würde es um diese Jahreszeit noch gut und gerne dreieinhalb Stunden dauern. Obwohl er wusste, dass er sich kaum zur Ruhe begeben können würde, ohne direkt wieder die Schwelle ins Reich der Albträume zu betreten, nahm er auf dem Sofa Platz und breitete die Decke über seine Beine aus. *Das ist alles schon echt ziemlich surreal. Mein Unterbewusstsein möchte mich foltern, und ich lasse das einfach so zu.* Sein letzter Traum hatte eher noch mehr Fragen aufgeworfen, als er Antworten geliefert hatte. Er schien einen Kampf gegen einen unsichtbaren, allmächtigen Gegner auszutragen, der sich in seinem Kopf festgesetzt hatte – und sich nur durch seinen eigenen Tod vertreiben lassen würde. Diese neue Gewissheit rückte mehr und mehr in seinen Fokus und sorgte dafür, dass er auf einen Schlag jegliche Hoffnung verlor. Er verfiel wieder in verzweifelte Grübelei. *Wird es bei mir auch funktionieren, wenn ich meinen eigenen Tod vortäusche? Allerdings gehört auch eine große Menge Glück dazu, wieder ins Leben zurückgeholt zu werden, wenn man klinisch tot ist.* Es fühlte sich schlecht an, auch nur darüber nachzudenken, da das eine Entscheidung war, die fatale Konsequenzen nach sich ziehen konnte. Austin sah sich selbst nicht als jemand an, der übermäßig freudestrahlend durchs Leben lief, doch er hing schon daran und hatte gewissermaßen auch Angst davor, zu sterben. *Ich sollte noch ein wenig abwarten, aber meine Entscheidung nicht*

zu spät treffen. Ansonsten bringt mich die Schlaflosigkeit näm-
lich von selbst ins Grab. Da er nicht seiner bleiernen Müdigkeit
nachgeben wollte, schaltete er den Computer an und surfte ein
wenig durchs Internet. Es handelte sich dabei überwiegend um
belanglose Suchanfragen, und das künstliche Licht des Monitors strengte seine Augen nach einiger Zeit derart an, dass er die
Helligkeit auf die niedrigste Stufe senkte und das Licht aus-
schaltete. So fühlte es sich deutlich angenehmer an, auch, wenn
sich seine Müdigkeit wieder meldete, die er für den Moment
jedoch in Schach halten konnte. Ein paar Minuten später war er
auf eine Seite gestoßen, auf der es allerhand lustige Videos gab
– er nutzte dies einfach, um runterzukommen und sich abzulenken. Er ließ sich so lange berieseln bis draußen schließlich der
Tag begann. Dann begab er sich in die Küche, um sich einen
Kaffee zuzubereiten – und traf dort auf Piper. Sie hatte bisher
weder ihre Haare gemacht, noch sich Schminke aufgetragen,
und so war das zaghafte Lächeln, welches sie ihm zuwarf, zu
einhundert Prozent natürlich.
»Hey. Wie... geht es dir?«
Sie hatte wohl während ihrer banalen Frage bereits bemerkt,
dass das eventuell nicht die richtigen Worte sein würden –
sprach sie aber dennoch aus und lächelte entschuldigend. Austin
hatte sich zwar schon lange nicht mehr im Spiegel ansehen,
konnte sich aber auf alle Fälle vorstellen, was für ein jämmerli-
ches Bild er in seinem momentanen Zustand abgab. Er erzählte
ihr alles, was er in der Nacht erlebt hatte – einfach aus dem
Grund, dass er sich sowohl von ihr, als auch von Troy, Unterstützung erhoffte. Er hatte Schwierigkeiten damit, das mit
seinem Unterbewusstsein zu erklären, bekam das jedoch
irgendwie verständlich hin.

»Das klingt alles wirklich ziemlich... verwirrend«, meinte Piper und senkte ihren Blick zu Boden.

»Du glaubst gar nicht, wie leid mir das für dich tut.«

Sie hob ihren Blick erst ein paar Sekunden später wieder, und meinte dann:

»Du wolltest dir doch eine Krankschreibung holen, oder? Ich könnte dich auf meinem Weg zur Arbeit bei Dr. Green rauslassen.«

»Das ist doch eine ganz andere Richtung«, murmelte Austin.

»Na, dafür würde ich aber doch selbstverständlich einen Umweg in Kauf nehmen.«

Piper legte ihm eine Hand auf die Schulter und rückte etwas näher an ihn heran.

»Ich möchte alles in meiner Macht Stehende tun, um dir zu helfen, Austin. Ich liebe dich – daran können auch die schweren Zeiten, durch die wir die letzten Monate gegangen sind, nichts ändern.«

Sie drückte ihn einen Kuss auf die Lippen, und er genoss das Gefühl, welches für einen kurzen Moment in ihm aufkam und alles andere verdrängte. Ja, er fühlte auch noch etwas für Piper, und wollte das nun auch zum Ausdruck bringen.

»Ich liebe dich auch. Danke, dass du bei mir geblieben bist, und ein noch größerer Dank dafür, dass du mir jetzt beistehst. Das Angebot nehme ich gerne an.«

Er hätte ansonsten auf die öffentlichen Verkehrsmittel zurückgegriffen – sich selbst ans Steuer zu setzen kam für ihn nicht in Frage. Da Piper sich erst noch zurecht machen musste, blieb ihm noch ein wenig Zeit, die er dazu nutzte, ein kleines Frühstück zu sich zu nehmen. Schon nach ein paar Bissen fühlte er sich zumindest ein kleines Bisschen besser, was ihm in diesem

Moment schon ausreichte. Er verspürte tatsächlich einen Anflug von guter Laune, und seine Sorgen rückten für eine Weile in den Hintergrund, als er neben Piper auf dem Beifahrersitz Platz genommen hatte. Er lehnte sich entspannt zurück und sah ihr dabei zu, wie sie den Motor startete und rückwärts vom Hof fuhr. Während sie die Straße ansteuerte, schaltete Austin das Radio an, und genoss die sanften Klänge der Musik, die durch den Lautsprecher wummerten. *Ein ganz gewöhnlicher Montagmorgen*, dachte er. *Für jeden anderen, nur nicht für mich.* Sie sprachen während der Fahrt nicht viel miteinander, und Austin schaffte es sogar, nicht einzuschlafen. Irgendwie fühlte er sich gerade wacher als zuvor, was vermutlich auch daran liegen konnte, dass heute seit Tagen endlich mal wieder die Sonne schien. Der Himmel präsentierte sich am heutigen Morgen azurblau und wolkenlos. Es dauerte eine Viertelstunde, bis sie die Praxis von Dr. Green erreicht hatten. Piper hielt kurz in einer freien Parklücke, ließ ihn aussteigen, und meinte zum Abschluss:

»Du kannst dich ja gerne mal melden, wenn du wieder zuhause bist.«

»Du darfst dein Handy aber doch auf der Arbeit nicht benutzen.«

»Ich lasse es heute selbstverständlich an. Also, bis später!«

Austin schlug die Tür zu und winkte ihr zum Abschied durch die Scheibe zu. Während er sich auf den Weg in Richtung des etwas versteckten Einganges machte, musste er über Piper nachdenken. Einerseits fühlte sich das verdammt gut an, sie waren wieder ein Team und funktionierten scheinbar immer noch prima zusammen. Andererseits gab ihm ihr Verhalten Rätsel auf. *Seit ich den Unfall hatte, ist sie wie ausgewechselt. Meine*

Güte, liegt das alles wirklich nur an den Folgen davon? Während er sich daran machte, die Tür zu öffnen und über das Treppenhaus zur Praxis zu gelangen, schoss ihm ein weiterer Gedanke durch den Kopf, der ihn ein wenig beunruhigte. *Wenn das alles wirklich nur an dem Unfall liegt, dann war es vielleicht gar nicht mal so schlecht, dass ausgerechnet ich das Mädchen angefahren habe.*

12

Er hatte eine geschlagene Stunde im Wartezimmer verbringen müssen, und wäre insgesamt fünf Mal beinahe eingeschlafen, hatte das jedoch immer wieder im letzten Moment verhindern können. Als die Sprechstundenhilfe ihn schließlich aufrief, erhob er sich und schritt erleichtert in Richtung des Behandlungsraumes, in dem Dr. Green bereits auf ihn wartete.

»Mr. Hobbs«, begrüßte der Arzt ihn und reichte ihm die Hand. »Was kann ich für Sie tun?«

»Ich leide seit geraumer Zeit an Schlaflosigkeit, und weiß mittlerweile echt nicht mehr weiter.«

Austin entschied sich, ein kleines bisschen zu übertreiben – immerhin wusste er nicht, wie der Arzt reagieren würde, wenn er ihm mitteilte, dass das erst seit zwei Nächten der Fall sein würde.

»Mittlerweile ging das Ganze sogar so weit, dass ich während meiner Nachtschicht mit dem Bus ein Mädchen angefahren und verletzt habe.«

Das erneut auszusprechen, sorgte dafür, dass sich ein großer Kloß in seinem Hals bildete. Er konnte diesen nicht so schnell vertreiben, weshalb er das Angebot des Arztes, der ihm ein Glas Wasser reichte, dankend annahm.

»Schlaflosigkeit ist nichts, womit man spaßen sollte. Ich finde es daher richtig, dass Sie unsere Praxis aufgesucht haben.«

Er legte eine kurze Pause ein, während derer er die Patientenakte auf dem Computer öffnete.

»Nur leider gibt es kein wirkliches Allheilmittel gegen die Schlaflosigkeit. Ich kann Ihnen zwar Benzodiazepine in Form von Fludiazepam verschreiben, kann Ihnen allerdings keine erfolgreiche Wirkung garantieren.«

Bevor Austin darauf antworten konnte, sprach der Arzt weiter.

»Sie sollten sich auf jeden Fall für mindestens zwei Wochen vom Dienst freistellen lassen. Mit dem Fludiazepam ist im Übrigen auch Vorsicht geboten, sie dürfen maximal zwölf, in absoluten Ausnahmefällen achtzehn Milligramm pro Tag zu sich nehmen. Noch dazu sollte gesagt sein, dass Sie sich unter dem Einfluss des Medikaments auf keinen Fall ans Steuer setzen können. Fahren unter dem Einfluss von Benzodiazepinen gilt als schweres Vergehen im Straßenverkehr.«

Austin nickte. Aufgrund seiner plötzlichen Schlafattacken hatte er sowieso nicht vor, sich wieder hinter irgendein Steuer zu begeben, bevor das nicht endlich aufhören würde.

»Vielen Dank, Mr. Green«, sagte er, ehe er sich vom Arzt verabschiedete.

Am Empfang bekam er von der Sprechstundenhilfe, die ihn vorhin bereits aufgerufen hatte, das Rezept ausgehändigt. Sie verabschiedete ihn mit einem warmen Lächeln, und Austin versuchte, ihr ebenfalls ein gewisses Maß an Freundlichkeit entgegenzubringen, ehe er die Arztpraxis verließ. Er legte einen kurzen Abstecher zur Apotheke ein, und reichte sein Rezept über den Verkaufstresen. Ihm gegenüber befand sich eine ältere Frau, sie hatte bereits graue Haare und trug einen Kittel, auf dem sogar ihr Name in roten Buchstaben eingestickt war.

»Hat Doktor Green Sie über die Einnahme der Benzodiazepine aufgeklärt?«

Sie zog eine Augenbraue hoch und musterte ihn argwöhnisch, doch er konnte dem Blick von Elizabeth Portman, der Apothekerin, standhalten.

»Nur, dass ich mich nach der Einnahme auf keinen Fall ans Steuer eines Fahrzeuges setzen sollte«, murmelte er, da er den Rest bereits vergessen hatte.

»Gibt es sonst noch etwas zu beachten?«

»Ja, eine ganze Menge.«

Die Apothekerin schob die Schachtel über den Verkaufstresen in seine Richtung. Bevor er sie jedoch einstecken konnte, sprach sie weiter.

»Benzodiazepine sind nur als Kurzzeitbehandlung zugelassen, da die Mittel ein hohes Suchtpotenzial aufweisen. Sie sollten die Tabletten maximal acht bis zwölf Wochen nehmen.«

Austin nickte und verzog das Gesicht ein wenig. *In acht bis zwölf Wochen werde ich nicht mehr am Leben sein, wenn ich diese verdammte Schlaflosigkeit nicht loswerde.*

»Vielen Dank«, sagte er dennoch, und verabschiedete sich von der Frau, die ihm einen letzten, besorgten Blick zuwarf, ehe sie sich um den nächsten Kunden kümmerte.

Austin trat derweil wieder auf die Straße hinaus und blickte sich um. Das Sonnenlicht, welches am heutigen Tage vom Himmel strahlte, ließ die Umgebung gleich um einiges freundlicher wirken. Da er nicht wusste, wie er sich ansonsten die Zeit vertreiben sollte, suchte er die nahegelegene Innenstadt auf, und stöberte durch die zahlreichen Läden. Er wollte sich am Abend um die Einnahme der Tabletten kümmern und sich selbst bis dahin keine Möglichkeit geben, zur Ruhe zu kommen. Das schlauchte ihn zwar ganz schön, doch er biss die Zähne zusammen und konnte den Kampf gegen die Müdigkeit zumindest zu diesem Zeitpunkt für sich entscheiden. Er kaufte sich in einer Bäckerei ein belegtes Brötchen und nahm an einem freien Tisch in unmittelbarer Nähe des Fensters Platz. Während er immer mal wieder einen Bissen nahm, blickte er auf das geschäftige Treiben in der Fußgängerzone. Die Menschen liefen hin und her, ja, das Ganze mutete von außen betrachtet fast wie ein Ameisenhaufen an, in den jemand einen Stock gesteckt hatte. Viele trugen Tüten bei sich, um die gekauften Artikel nach Hause zu transportieren. Austin hatte sich bloß für eine neue Taschenuhr entschieden, die er für fünfzig Dollar erstanden hatte. Auf dieser sah er, zwischen zwei weiteren Bissen, dem Zeiger dabei zu, wie er sich über das Ziffernblatt bewegte. Die Sekunden schienen gefühlt langsamer zu vergehen, doch Austin schob das auf seinen momentanen Zustand. Da er wusste, dass Piper erst am späten Nachmittag nach Hause kommen würde und er keine Lust darauf hatte, sich lange alleine in der Wohnung aufzuhalten, blieb er, nachdem er das Brötchen aufgegessen hatte, noch eine Weile sitzen und orderte sich noch einen weiteren Kaffee. Er hoffte, dass ihn das Koffein zumindest etwas auf Trab bringen würde, befürchtete jedoch, dass dies eher nicht der Fall sein würde. Während er seinen Gedanken hinterherhing, hörte er, wie sein Handy zu klingeln begann. Überrascht warf er einen Blick auf das Display. Die Nummer war ihm nicht bekannt, den Anruf nahm er aber trotzdem entgegen.

»Austin Hobbs.«

»Mr. Hobbs? Hier spricht Rosanna Ward.«

Austin stutzte. Den Namen hatte er irgendwo schon einmal gehört, er konnte ihn jedoch, zumindest im Moment, nicht zuordnen - bis es ihm schließlich einfiel. *Sie war die, die mich im Saint Marys Pillbox Medical empfangen hat und bei der der Name Serenity Mason irgendetwas ausgelöst hat.* Er spürte ein Kribbeln in sich aufsteigen. Er hatte ihr zwar gestern seine Nummer gegeben, jedoch nicht damit gerechnet, dass sie sich melden würde. Das Ganze musste also was zu bedeuten haben - oder etwa nicht?

»Ms. Ward? Das überrascht mich aber.«

Er wollte gar nicht erst verbergen, dass er mit einem Anruf von ihr überhaupt nicht gerechnet hatte.

»Das kann ich mir vorstellen, doch es gibt Neuigkeiten, die Sie sicherlich interessieren werden. Der Name Serenity Mason hat mir keine Ruhe mehr gelassen, weil er mir einfach nicht aus dem Kopf ging. Ich habe bis tief in die Nacht durch die Akten geforstet, und schließlich den Grund gefunden, weshalb ich ihn nicht vergessen konnte.«

Sie legte eine kurze Pause ein, während derer Austin sie durch den Lautsprecher des Telefons schwer atmen hören konnte.

»Ich würde das ungern am Telefon mit Ihnen besprechen. Könnten wir uns irgendwo treffen?«

Austin warf einen Blick auf seine neue Taschenuhr. Es war kurz nach fünfzehn Uhr, der Nachmittag war also bereits angebrochen. Dennoch sprach nichts dagegen, das Angebot von Rosanna anzunehmen.

»Gerne. Wo sind Sie denn gerade? Ich bin mitten in der Innenstadt.«

Er hoffte insgeheim, dass sie von sich aus vorschlug, zu ihm zu kommen, da er gerade nicht wirklich Lust auf eine lange Strecke mit öffentlichen Verkehrsmitteln hatte.

»Zuhause. Ich wohne ganz in der Nähe der Innenstadt, kann also vorbeikommen.«

»Das hört sich gut an. Ich befinde mich gerade in *Clive's Bakery*. Der Platz gegenüber von mir ist noch frei.«

»Ich bin in zehn Minuten bei Ihnen.«

Rosanna beendete das Gespräch, und Austin steckte sein Mobiltelefon zufrieden zurück in die Tasche. Er hatte zwar eigentlich nicht geplant, noch mehr Zeit in der Bäckerei zu verbringen, doch die Hoffnung darauf, durch Rosanna etwas Neues zu erfahren, sorgte dafür, dass er ihre Ankunft gespannt abwartete.

Acht Minuten später hatte sie seinen Tisch auch bereits erreicht und auf der gegenüberliegenden Seite Platz genommen. Sie warf ihm zwar ein verhaltenes Lächeln zu, doch der Ausdruck, der in ihrem Gesicht stand, ließ eher darauf schließen, dass sie ziemlich gestresst war.

»Ich hätte nicht damit gerechnet, dass ich Sie so schnell bereits wiedersehe«, gab Austin zu und lächelte.

»Das kann ich nur zurückgeben«, murmelte Rosanna.

»Was haben Sie denn herausgefunden?«

Normalerweise hätte Austin sicherlich den gängigen Smalltalk mit der Frau abgehalten, doch er wollte sich heute nur auf das Notwendigste beschränken, da er das Gefühl hatte, durch seine Schlaflosigkeit nur bedingt aufnahmefähig zu sein. Rosanna wühlte in ihrer Tasche herum, und zog kurze Zeit später eine Mappe heraus. Es musste sich um besagte Akte handeln, und Austin war gespannt, in welche Richtung das Gespräch nun laufen würde.

»Dies ist die Akte des Falles Serenity Mason. Normalerweise ist es mir aus Gründen der Schweigepflicht und des Datenschutzes strikt untersagt, solche Informationen weiterzugeben, doch ich denke, dass ich Ihnen vertrauen, und wirklich helfen kann. Also schauen Sie mal.«

Sie schlug die Mappe auf.

»Serenity Mason kam vor siebzehn Jahren zur Welt. Ihre Mutter, Eva Mason, verstarb bei der Geburt, weil die Ärzte nicht rechtzeitig am Ort des Geschehens eintrafen.«

84

Austin versuchte, seine Gedanken ein wenig zu ordnen. *Die Ärzte trafen nicht rechtzeitig am Ort des Geschehens ein. Was hat das zu bedeuten?*

»Sie ist also nicht in einem Krankenhaus zur Welt gekommen?«

»Nein«, entgegnete Rosanna, hob kurz ihren Kopf und senkte ihn dann wieder, um die Mappe weiter zu studieren.

»Sondern?«

Austin hatte das Gefühl, ihr alles aus der Nase herausziehen zu müssen, und musste auf die nächste Antwort auch eine Weile warten.

»Sie wurde vor siebzehn Jahren bei einem Zugunglück geboren.«

13

»Wie bitte?«

Austin hatte das Gefühl, sich verhört zu haben. *Nein*, dachte er. *Das ist unmöglich. Das kann gar nicht miteinander zusammenhängen!* Er studierte Rosannas Gesichtsausdruck, doch dieser blieb ernst, ja, in diesem Moment fast versteinert. Auch, wenn ein Scherz sicher unangebracht gewesen wäre, hätte er es eher geglaubt, dass sie einen solchen gemacht hätte – denn das, was sie gerade ausgesprochen hatte, war einfach zu kurios, viel zu unwahrscheinlich, um wahr zu sein.

»Sie sehen ziemlich... geschockt aus«, murmelte Rosanna.

»Das bin ich auch.«

Austin hielt einen Moment lang inne und sah sich um. Die Bäckerei hatte sich in der Zwischenzeit ein wenig geleert, die Tische unmittelbar um sie herum waren nicht mehr besetzt. Er entschied sich daher kurz darauf dazu, ihr die volle Wahrheit zu erzählen, und ließ keine Details von dem aus, was ihm seit dem Unfall widerfahren war. Es fühlte sich gut an, sich der fremden, aber sympathischen Frau anzuvertrauen, und Rosanna hörte aufmerksam zu und stellte keine Zwischenfragen. Als er geendet hatte, ließ sie sich einen Moment Zeit, ehe sie eine Augenbraue hob und das Wort an sich nahm.

»Das hängt definitiv alles miteinander zusammen. Dafür sind es einfach zu viele Zufälle. Nehmen wir nur mal Serenity Mason... das Mädchen ist bei zwei Unfällen dabei, in Folge derer die „Verursacher", die eigentlich keine Schuld trifft, von Schlaflosigkeit heimgesucht werden.«

Sie legte eine kurze Pause ein, und meinte dann:

»Ich finde, wir sollten zum Du übergehen, oder?«

Austin nickte.

»Gerne.«

»Also, ich muss aber echt noch ein Wort zu den Benzodiazepinen loswerden, die Dr. Green dir verschrieben hat. Du solltest mit der Einnahme wirklich gewissenhaft vorgehen, das Zeug ist verdammt gefährlich.«

»Ich weiß. Ich sehe allerdings keinen anderen Weg – ohne Schlaf hält es mein Körper einfach nicht mehr lange aus. Und ich hoffe, wir finden eine Lösung, bevor ich so verzweifelt bin, dass ich keine andere Lösung sehe, als das zu tun, was der Lokführer vor vielen Jahren ebenfalls getan hat.«

Rosanna zuckte zusammen.

»Das kannst du nicht machen. Die Chance, dass du wieder zurück ins Leben geholt werden würdest, ist verschwindend gering.«

»Die Schlaflosigkeit wird mich von ganz allein ins Grab bringen, wenn ich nichts dagegen tue.«

Austin legte einen strengeren Ton an den Tag, als er eigentlich beabsichtigt hatte, und entschuldigte sich kurz für die heftige Reaktion. Dennoch hoffte er, sein Problem verständlich dargestellt zu haben.

»Ich würde zu gerne nochmal das *Sinclair Medical* besuchen, und mich erkundigen, ob Serenity aus dem Koma erwacht ist«, murmelte er.

»Ich fürchte fast, dass sie die Einzige ist, die mir helfen kann. Allerdings glaube ich, dass ich nach der Aktion von gestern dort unmöglich aufkreuzen kann.«

Rosanna überlegte kurz, und meinte dann:

»Ich kann das in die Hand nehmen. Die Frau, von der du gesprochen hast, ist eine gute Bekannte von mir – sie heißt Andrea und wir haben früher zusammen im Krankenhaus gearbeitet, ehe sie ins *Sinclair* gewechselt ist.«

Austin spürte, wie ihn eine Welle der Erleichterung durchströmte. *So schaffen wir es vielleicht doch noch, den Kampf gegen mein Unterbewusstsein zu gewinnen!*

»Das... wäre wunderbar.«

Mehr konnte er in diesem Moment einfach nicht sagen. Rosanna warf ihm ein Lächeln zu, bei welchem ihre strahlend weißen Zähne extrem zur Geltung kamen. Auch, wenn ihre Haare nicht ganz so gut saßen und sie etwas abgehetzt wirkte, sah sie dennoch verdammt gut aus. Sie war allerdings auch ein paar Jahre jünger als Austin, vermutlich gerade mal Ende zwanzig.

»Gern geschehen. Mein Auto parkt in der Tiefgarage, wenn wir uns jetzt direkt auf den Weg machen, sind wir in fünf Minuten da.«

Austin bezahlte seine offene Rechnung und übernahm auch den Kaffee von Rosanna, den sie sich, bevor sie am Tisch Platz genommen hatte, geholt hatte. Sie verließen die Bäckerei und gelangten über die Fußgängerzone schließlich in Richtung besagter Tiefgarage, die in unmittelbarer Nähe eines Häuserblocks lag. Rosanna führte ihn zu einem weißen Kleinwagen, er stieg auf der Beifahrerseite ein und sah ihr dabei zu, wie sie das Auto aus der Tiefgarage und auf die Straße steuerte.

»Danke, dass du mir hilfst«, meinte er schließlich, als einen Moment lang Stille entstanden war.

»Auch, wenn ich mir nicht richtig erklären kann, warum du das überhaupt machst. Wir kennen uns doch eigentlich gar nicht.«

Rosanna hielt ihren Blick auf die Straße gerichtet, während sie antwortete.

»Muss es denn immer einen Grund dafür geben? Ich helfe gerne, wo ich kann. Zudem steckst du wirklich in einer verdammt schlimmen Lage, und ich hoffe einfach, dass wir dich da irgendwie herausmanövrieren können.«

»Das stimmt. Ich hoffe auch, dass es irgendwie funktioniert. Alles scheint mit diesem Mädchen zu tun zu haben – ihr Auftauchen an beiden Unfallorten kann kein Zufall sein.«

Austin gähnte und spürte, wie seine Augenlider erneut schwerer wurden. Er hatte ganz vergessen, sich noch einen weiteren Kaffee mitzunehmen, war jedoch auch froh, das nicht getan zu haben – immerhin war es auch nicht gut, seinen Körper bloß durch das Koffein am Laufen zu halten. *Ich laufe jetzt schon auf Reserve. Wie soll das die nächsten Tage überhaupt funktionieren?* Dieser Gedanke bestärkte ihn, daran zu glauben, dass es die Hoffnung auf einen Ausweg aus seiner prekären Lage gab – irgendwie.

Da das *Sinclair Medical* am anderen Ende der Stadt lag, war der Weg dorthin dementsprechend lang. Sie kamen jedoch gut durch die Straßen, in denen bereits die ersten Laternen angegangen waren. Es war mit der Zeit immer dunkler geworden, der Nachmittag war zwar noch nicht in den Abend übergegangen, doch der Himmel hatte sich so weit zugezogen, dass klar war, dass die Sonne sich heute nicht mehr zeigen würde. Rosanna stellte den Wagen auf dem Parkplatz des Krankenhauses ab und machte sich daran, auszusteigen. Als Austin ihr folgen wollte, hielt sie ihn zurück.

»Du solltest besser warten. Ich fürchte, es wäre keine gute Idee, wenn du dich dort drinnen blicken lässt. Ich mache das schon.«

Sie warf ihm erneut ein Lächeln zu und verschwand dann in

Richtung des Einganges. Er sah ihr so lange hinterher, bis sie im Inneren verschwunden war. Jetzt, wo es im Auto komplett still geworden und mit dem Abschalten des Motors auch das Radio ausgegangen war, fiel es Austin schwer, sich darauf zu konzentrieren, wach zu bleiben. Er versuchte daher, sich zurückzulehnen und zu entspannen. Auch, wenn er eigentlich keine Lust dazu hatte, erneut mitten in einen Albtraum hineinzuschlittern, schloss er seine Augen. *Ich bin in Sicherheit. Hier drinnen kann mir nichts passieren.* Das war schließlich auch der letzte, zusammenhängende Gedanke, der durch seinen Kopf geisterte, ehe er bereits eingeschlafen war.

Er konnte die Welt, in der er sich wiederfand, recht schnell wiedererkennen – es musste sich erneut um den Tunnel des Bahnhofs Lemon Road *handeln. Dieses Mal wirkte das Szenario jedoch, zumindest auf den ersten Blick, nicht gefährlich. Ganz im Gegenteil, die Umgebung war ihm so vertraut, dass er sich, ohne nachzudenken, weiter voran wagte. Ein eiskalter Wind pfiff durch die Ritzen des Mauerwerks, und sorgte dafür, dass er das Gefühl hatte, er würde sich mitten in der Arktis befinden. Irgendetwas war heute anders, und als er seinen Blick schweifen ließ, sah er auch, was es war. Der Tunnel war hell erleuchtet, und er konnte sich diesen Umstand nicht erklären, da er seine Taschenlampe nicht bei sich trug. Das Licht schien also von woanders her zu kommen, und er entschied sich dazu, dem auf dem Grund zu gehen. Ein paar Meter später entdeckte er einen zerstörten Scheinwerfer, der abseits der Gleise im Gleisbett lag - an der Stelle, an der sich der Übergang zwischen den alten und den neuen Schienen befand. Lose Steine säumten nicht nur den Boden, sondern auch die Wände des Tunnels in unmittelbarer*

Umgebung. Ein paar Meter später stieß er auf weitere Trümmerteile, und als diese immer mehr wurden, wurde ihm schlagartig bewusst, was er vor sich sah. Es musste sich um den entgleisten Zug handeln, was nur bedeuten konnte, dass ihn sein Unterbewusstsein siebzehn Jahre in die Vergangenheit geschickt hatte. Da er nicht wusste, wie lange die Traumsequenz noch anhalten würde, ehe sie sich in einen bösartigen, schrecklichen Albtraum verwandeln würde, machte er sich direkt daran, die Umgebung akribisch abzusuchen. Er erhöhte sein Tempo und stieß kurze Zeit später auf die zerstörte Lok. Der Triebwagen hatte sich überschlagen und war so zerstört, dass man Mühe damit hatte, ins Innere blicken zu können. Er versuchte, sich eine Stelle auszusuchen, von der aus er eine freie Sicht hatte, und fand selbige schließlich etwas weiter vorne. Als er jedoch sah, welche Zerstörung der Aufprall im Inneren angerichtet hatte, wandte er sich schnell wieder ab. Blut säumte den Fußboden, tote Körper lagen überall im Inneren des Wagens verteilt. Ein Geräusch mischte sich nun in die Szenerie, er hatte es zuvor nicht wahrgenommen, konnte es jetzt jedoch deutlich hören. Es handelte sich um Babygeschrei, und dazu noch eine beschwichtigende Stimme, die versuchte, das Neugeborene zu beruhigen.

»Du bist in Sicherheit, Serenity. Ich bin da.«

Die Frau, die sich, mit dem Baby in der Hand direkt neben der toten Mutter befand, hatte ihm den Rücken zugekehrt. Er versuchte, sich bemerkbar zu machen, und klopfte gegen die Wand – doch bevor sich die Frau zu ihm umdrehte, wurde er von einer bekannten Stimme zurück in die Realität gerissen.

»Austin!«

Austin schlug die Augen auf und blinzelte. Rosanna war wieder in das Auto eingestiegen und hatte auf dem Fahrersitz Platz genommen, den Motor allerdings noch nicht gestartet. *Verdammt, ich hätte dieses Mal vielleicht wirklich etwas wichtiges sehen können.* Der Anblick der Frau, welche die gerade geborene Serenity Mason im Arm gehalten hatte, war ihm irgendwie merkwürdig vertraut gewesen, und er konnte nicht mal sagen, woran er das ausgemacht hatte.

»Hm?«, fragte er und versuchte, seine Sinne zu ordnen.

»Ich hatte Glück, Andrea hatte gerade Schicht und hat mich empfangen. Ich habe nichts von dir erwähnt, sondern mich bloß nach Serenity Mason erkundigt.«

Rosanna legte eine kurze Pause ein.

»Und?«, fragte Austin, der noch nicht ganz verstehen konnte, was sie ihm sagen wollte.

Das war vermutlich auch auf den Umstand zurückzuführen, dass sie ihn gerade aus einen seiner Träume gerissen hatte – es war das erste Mal gewesen, dass sich das Szenario um ihn herum nicht in einen Albtraum verwandelt hatte, was jedoch vermutlich noch passiert wäre, wenn er ein paar Minuten länger in der fremden Welt geblieben wäre.

»Sie hat mir erzählt, dass das Mädchen wieder bei Bewusstsein ist.«

14

»Ich muss dringend mit ihr sprechen.«

Aufgeregt machte Austin sich bereits daran, aus dem Auto auszusteigen, wurde jedoch von Rosanna, die ihn festhielt, daran gehindert.

»Das geht nicht.«

Der Ton, den sie unter ihre Stimme legte, duldete keinen Widerspruch.

»Sie steht noch unter dem Einfluss starker Medikamente und ist zudem unter ärztlicher Beobachtung. Sie ist noch nicht ansprechbar, befindet sich allerdings auf dem Weg der Besserung. Andrea meinte zu mir, dass ich morgen mit ihr sprechen kann.«

»Okay«, murmelte Austin, der mit der Situation zwar nicht zufrieden war, jedoch wusste, dass Rosanna recht hatte.

»Dann wäre ich jetzt noch ganz froh, wenn du mich nach Hause fahren könntest.«

Er nannte ihr seine Adresse, woraufhin sie nickte.

»Kein Problem.«

Während sie den Parkplatz wieder verließen, ergriff Rosanna erneut das Wort.

»Ich hoffe, du verstehst das nicht falsch, dass ich zunächst mit dem Mädchen sprechen möchte.«

»Keineswegs«, murmelte Austin.

»Ich würde nur gerne ein paar Dinge in Erfahrung bringen wollen, und werde dir die notwendigen Fragen überlassen.«

Er gähnte.

»Darüber sollten wir allerdings morgen sprechen. Irgendwie habe ich das Gefühl, dass ich heute nicht mehr so gut denken kann.«

»Kein Wunder bei dem, was du bisher durchmachen musstest. Ich hoffe, die Benzodiazepine helfen dir. Du musst damit aber echt aufpassen.«

»Ich weiß, wirklich. Ich werde mit der Einnahme verantwortungsvoll umgehen.«

Rosanna gab sich damit zufrieden und schaltete das Fernlicht an, da sie nun ein Stück durch eine bewaldete Strecke fahren mussten, und ihnen aktuell kein Fahrzeug entgegenkam. Da Austin wusste, dass Wildwechsel hier durchaus öfter mal vorkommen konnte, hielt er seine Augen gebannt in alle Richtungen geöffnet, um mögliche Gefahren direkt ausmachen zu können. Er erkannte zwei Rehe direkt hinter der Leitplanke, diese machten jedoch keine Anstalten, etwas Unüberlegtes zu tun und auf die Straße springen zu wollen. Dennoch ließ er sie nicht aus den Augen und entspannte sich erst, als Rosanna die mögliche Gefahrenstelle erfolgreich passiert hatte.

Zwanzig Minuten später hatte sie ihn bereits vor der Haustür abgesetzt. Austin schloss selbige auf und trat ins Treppenhaus ein, wo ihn direkt der Geruch von gekochtem Essen in die Nase stieg. Die Richtung, aus der dieser kam, ließ darauf schließen, dass Piper tatsächlich etwas gekocht hatte. Er öffnete die Wohnungstür und trat über den Flur direkt in die Küche, in der er seine Frau entdeckte, die gerade Nudeln im Topf umrührte, während direkt daneben bereits eine Soße aus Hackfleisch, Tomaten und Zwiebeln in der Pfanne köchelte.

»Oh, hey. Du warst ziemlich lange weg, ich habe dich bereits vermisst.«

Sie warf ihm ein verschmitztes Grinsen zu. Austin zog sich den Küchenstuhl zurück, nahm auf der Sitzfläche Platz, und begann, ihr alles zu erzählen, was er erlebt hatte. Er endete schließlich mit der Wendung, die die Geschichte durch das Aufwachen von Serenity Mason aus dem Koma genommen hatte. Direkt danach stand er auf, schenkte sich ein Glas Cola ein, und leerte es in einem Zug. Sein Mund war während des Sprechens regelrecht ausgetrocknet und er hatte gegen Ende Schwierigkeiten gehabt, klar und deutlich zu sprechen. Noch dazu war seine Zunge ein wenig schwerer geworden und hatte ihm das Sprechen erschwert. Er war eindeutig total erschöpft und brauchte dringend Schlaf. Piper hatte ihm den Rücken zugedreht und füllte gerade zwei Teller mit jeweils einer Portion des gekochten Essens voll, während sie antwortete.

»Ich hoffe wirklich, dass die Medikamente bei dir anschlagen. Und das mit dem Mädchen lässt dir irgendwie keine Ruhe, richtig?«

Austin war von ihrer Antwort ein Stück weit überrascht. Er hatte schon mit ein bisschen mehr Empathie seitens seiner Ehefrau gerechnet, und konnte ihre Reaktion nicht so wirklich einordnen.

»Nein, kein Stück«, entgegnete er daher, während er den Teller entgegennahm.

»Das riecht verdammt gut.«

Piper grinste.

»Lass es dir schmecken.«

Während des Essens sprachen sie über viele verschiedene Dinge, und Austin war froh darüber, dass Piper das Thema als erstes gewechselt hatte. Es tat gut, all die schrecklichen Geschehnisse mal eine Weile lang vergessen zu können und den Kopf frei zu bekommen. Er legte daher seine gesamte Hoffnung auf die Benzodiazepine, und nahm sich vor, vor dem Schlafengehen die verschriebene Dosis Fludiazepam einzunehmen. So gelang es ihm auch tatsächlich, den Abend zu genießen. Sie verbrachten mehr Zeit als notwendig am Esstisch, und gingen erst wieder getrennte Wege, als Piper das gemeinsame Schlafzimmer aufsuchte, und dort den Fernseher anschaltete. Austin setzte sich an seinen Computer und fuhr ihn hoch. Mit den neuen Erkenntnissen, die er an diesem Tag gewonnen hatte, wollte er nun versuchen, etwas mehr über Serenity Mason herauszufinden. Bevor er das tat, fiel ihm ein, dass er Troy noch über alles berichten musste, was er, seit sich ihre Wege gestern getrennt hatten, erlebt hatte. Sein Kollege und Freund nahm den Anruf bereits nach zweimaligem Klingeln entgegen, und nach einer kurzen Begrüßung begann Austin, alles nach und nach zu erzählen.

»Super, dass du vorangekommen bist – ich gebe dir recht, das alles kann kein Zufall sein, dafür ist das zu sehr miteinander verstrickt. Halte mich bitte unbedingt auf dem Laufenden über das, was du morgen von Serenity erfährst, okay?«

»Ich werde dich anrufen.«

Austin verabschiedete sich und beendete das Gespräch. Er steckte sein Handy an das Ladegerät, und wandte sich dem Monitor zu, auf dem er bereits den Internetbrowser geöffnet hatte.

Zwei Stunden später hatte ihn das künstliche Licht so müde gemacht, dass er sich dazu entschied, seinen Schlafplatz zu beziehen. Vorher legte er noch einen Abstecher ins Badezimmer ein, nahm dort eine ausgiebige, heiße Dusche, putzte sich die Zähne und zog sich neue Klamotten an. Er öffnete die Balkontür für eine Weile, um zumindest für einen Moment zu lüften. Während eisige Luft ins Innere drang, nahm er die Medikamentenschachtel in der Hand und zog einen Blister mit Tabletten daraus hervor. *Sie dürfen maximal zwölf, in Notfällen auch achtzehn Milligramm pro Tag zu sich nehmen.* Die Worte von Dr. Green geisterten durch seinen Kopf, während er die Packungsbeilage überflog. *Zwölf Milligramm sollten dann erst einmal reichen. Ich sollte langsam anfangen.* Er sah seine Situation zwar schon gewissermaßen als Notfall, wollte zum Einstieg am heutigen Abend jedoch nicht übertreiben. Er wog die Pillen in seiner Handinnenfläche hin und her, und legte sie auf dem Tisch ab, um sich ein Glas Wasser aus der Küche zu holen. Er schloss die Balkontür, schluckte die Tabletten herunter und machte es sich auf der Couch bequem. Jetzt, wo das Licht aus war und er sich zur Ruhe begeben hatte, fühlte er sich plötzlich nicht mehr so müde. *Bei meinem letzten Ausflug ins Reich der Träume wurde ich ja von Rosanna zurückgeholt. Vielleicht habe ich mich da ja zumindest mal ein bisschen entspannt, auch, wenn es wieder nur wenige Minuten gewesen sein mussten. Verdammt, irgendwie hat es sich da so angefühlt, als würde ich die Lösung direkt vor der Nase haben. Hoffentlich kehre ich direkt in diese Sequenz zurück, auch, wenn das eher unwahrscheinlich ist.* Er lag noch eine Weile lang wach, ehe die Medikamente so langsam zu wirken begannen – und ihn, gemeinsam mit seiner Müdigkeit, zurück ins Reich der Träume beförderten.

Kälte und Dunkelheit, noch dazu eine Mixtur aus Gefühlen, die er nicht beschreiben konnte. Enttäuscht stellte er fest, dass er sich nicht wieder im Eisenbahntunnel befand – nein, dieser Ort war anders und auf eine gewisse Art und Weise neu, obwohl er sich schonmal hier befunden hatte. Es musste sich erneut um sein Unterbewusstsein handeln, auch, wenn sich die Szenerie etwas verändert hatte. Dieses Mal befand er sich nämlich nicht im Inneren eines Gebäudes, sondern außerhalb. Zunächst war er wieder ganz allein, doch als er seinen Blick hob und in die Ferne richtete, konnte er erneut die Gestalt ausmachen, die ihn auch das letzte Mal heimgesucht hatte. Sie hatte wieder auf einem gigantischen Thron Platz genommen und funkelte ihn aus gelben Augen an. Er kämpfte sich durch den schneidend kalten Wind, der ziemlich plötzlich aufgekommen war und ihm bis ins Mark drang. Irgendwie wusste er, dass er, obwohl sich alles in ihm sträubte, zu der Kreatur gehen musste, um Antworten zu bekommen – fraglich war nur, ob er diese auch erhalten würde.

»Was ist dein Ziel, Austin?«

Obwohl die Kreatur noch ziemlich weit entfernt war, konnte er die Worte, die durch die Gegend schwirrten, klar und deutlich verstehen.

»Ich will dich loswerden«, keuchte er.

»Und, bei Gott, ich werde diesen Kampf gewinnen!«

Ein schrillend hohes Lachen erklang, fegte durch jede einzelne Pore und schien sich in jeder Ecke der Umgebung gleichzeitig zu sein. Es setzte sich in seinem Trommelfell fest und schien ihn von innen heraus auffressen zu wollen, weshalb er sich beide Handflächen auf seine Ohrmuscheln presste.

»Du kannst mich nicht loswerden. Ich bin dein Unterbewusstsein! Du glaubst doch nicht wirklich, dass du mich mit diesen Tabletten betäuben kannst, oder?«

»Was muss ich tun?«, keuchte er durch seine zusammengebissenen Zähne hindurch.

Er konnte die Situation nicht mehr kontrollieren, war einfach nicht mehr Herr der Lage.

*»Das habe ich dir doch bereits verraten. Ich sterbe erst, wenn
du stirbst!«*

15

Es war erneut der bereits bekannte Satz mit den sechs grauen-
vollen Worten, der dafür sorgte, dass Austin schweißgebadet
und keuchend aufwachte. Sie waren so schlimm, dass sie sich
bereits in sein Gehirn eingebrannt hatten. *Ich sterbe erst, wenn
du stirbst.* Er schaltete das Licht an und warf einen Blick auf die
Tablettenschachtel, die sich auf dem Wohnzimmertisch befand.
Er fühlte sich absolut elendig und es fiel ihm schwer, seine
Augen überhaupt offenzuhalten, da die Last, die sich auf seine
Lider gelegt hatte, einfach zu schwer war. Ein Blick auf die
Wanduhr verriet ihm, dass es noch nicht mal vierzig Minuten
her gewesen war, seit er das Licht ausgeschaltet hatte. *Es hat
nicht funktioniert. Die Tabletten sind nutzlos.* Er fühlte sich so
verzweifelt, dass er in diesem Moment absolut nicht weiter
wusste. Er brauchte jetzt dringend jemanden zum Reden. Piper
wollte er dafür nicht aufwecken, sie würde bereits tief und fest
schlafen – das gleiche galt für Troy. Also schweiften seine Gedanken in eine andere Richtung ab. *Rosanna.* Er überlegte kurz,
und entschied sich dann dazu, sie anzurufen. Er hatte aus ir-
gendeinem Grund das Gefühl, dass sie noch wach sein musste,
weshalb er ihre Nummer eintippte und die Wahltaste drückte.
Es klingelte drei Mal, ehe der Anruf entgegengenommen wurde.

»Hallo?«

Rosanna klang nicht so, als hätte Austin sie aufgeweckt.

»Rosanna? Ich bin's, Austin. Tut mir leid, dass ich dich so spät
noch anrufe.«

Er wartete ein paar Sekunden ab, ehe er das Gespräch fortsetzte.

»Ich bin wieder eingenickt und im Traum erneut auf mein Unterbewusstsein gestoßen.«

Er schluckte und versuchte so, den Kloß, der sich in seinem Hals gebildet hatte, loszuwerden. Das gelang ihm jedoch in Anbetracht der Dinge, die er erlebt hatte, ganz und gar nicht. Im Gegenteil, er wurde dadurch nur noch unsicherer und verzweifelter.

»Und?«, hakte Rosanna nach, die gebannt am Telefon zu hängen schien.

»Es ist wie beim ersten Mal. Die Tabletten werden mir nicht weiterhelfen. Ich sterbe erst, wenn du stirbst – das waren die Worte, die ich erneut gehört habe.«

Er vernahm ein Geräusch aus der Richtung des Flures und wollte gerade nachschauen, was es damit auf sich hatte, als Rosannas Stimme ihn jedoch ablenkte.

»Verdammt, das ist wirklich nicht gut. Du kannst natürlich versuchen, die Dosis zu erhöhen, doch ob das letzten Endes dein Problem lösen wird, kann ich nicht garantieren.«

»Du glaubst gar nicht, wie ich mich fühle, Rosanna. Ich kann es einfach nicht in Worte fassen.«

Er spürte, wie ihm die Tränen in die Augen stiegen, und ließ es zu, dass sie sich ihren Weg bahnten.

»Doch, glaub mir, ich kann es mir vorstellen. Ich habe wirklich schon viel im Krankenhaus erlebt, obwohl ich mich ja nicht direkt an der Front, sondern nur am Empfang befinde. Man bekommt aber vieles von dem mit, was geschieht.«

»Wir sollten uns morgen unbedingt wieder treffen«, meinte Austin, der sich mittlerweile wieder ein wenig beruhigt hatte und sein feuchtes Gesicht mit dem Ärmel trocknete.

»Das werden wir tun.«

Rosannas Stimme drang fast ein wenig beschwichtigend an sein Ohr.

»Morgen Nachmittag, direkt nach meiner Schicht, suchen wir beide Serenity Mason auf, und ich werde meine Freundin Andrea dazu überreden, dass wir mit ihr sprechen können. Sie sollte eigentlich nichts dagegen haben, wenn ich mit dabei bin.«

Sie hielt kurz inne und senkte ihre Stimme ein wenig. Ihre folgenden Worte drangen somit etwas leiser über die Leitung und durch den Hörer in sein Ohr.

»Ich weiß allerdings nicht, was wir machen sollen, wenn auch das letzten Endes nicht zur Besserung verhilft. Ich habe das Gefühl, dass deine Lage einfach zu verzwickt ist.«

»Wir haben ja schonmal darüber gesprochen, oder?«

Austin versuchte, sich seine Verzweiflung in diesem Moment nicht anmerken zu lassen. Er wählte daher einen starken, gefestigten Ton und hoffte, dass Rosanna seine Worte akzeptieren würde.

»Ich muss dasselbe tun wie der Lokführer, Sullivan Parker. Bei ihm hat das ja zum Erfolg geführt – und er war auf einen Schlag all seine Sorgen los.«

»Es muss einfach eine andere Lösung geben, Austin. Du kannst doch nicht so ein großes Risiko eingehen wollen.«

Austin merkte, dass sich ihre Meinung schon ein Stück weit verändert hatte. Sie war zwar, vollkommen verständlicherweise, immer noch dagegen, klang jedoch in Bezug auf ihren eigenen Standpunkt nicht mehr ganz so überzeugt, wie das anfangs der Fall gewesen war. *Das kann aber auch an der Uhrzeit liegen*, rief Austin sich in Gedanken. *Es ist schon spät und sie wird müde sein. Im Gegensatz zu mir kann sie ja schlafen, und ich hindere sie jetzt nur daran.*

»Lass uns morgen darüber sprechen, okay? Ich möchte dich nicht daran hindern, schlafen zu gehen.«

»Das tust du nicht, keine Sorge.«

Sie gähnte.

»Aber ich bin tatsächlich schon ziemlich müde. Versuch wenigstens, dich etwas auszuruhen, ehe wir uns morgen daran machen, Serenity Mason aufzusuchen.«

»Danke, ja, das mache ich. Gute Nacht.«

Austin beendete das Gespräch und legte das Telefon weg. Er hatte zwar nicht das Gefühl, vorangekommen zu sein, merkte allerdings, dass ihm das Gespräch mit Rosanna trotzdem weitergeholfen hatte. Bevor er sich wieder hinlegte, suchte er das Badezimmer auf, und erinnerte sich auf dem Weg dorthin wieder an die Geräusche, die er aus Richtung des Flures gehört hatte.

»Piper?«

Er zog erstaunt eine Augenbraue hoch, als er dort seine Ehefrau erblickte. Sie war gerade dabei, ihre Jacke auszuziehen, und hatte ihm dabei den Rücken zugewandt.

»Was... hast du so spät noch draußen gemacht?«

Seine Frau schien ihn nicht weiter zu beachten. Sie drehte sich erst ein paar Sekunden später um, und fixierte ihn mit einem harten, durchdringenden Blick.

»Ich habe nur nochmal kurz Luft schnappen müssen«, meinte sie.

»Und du... hast wirklich eine Affäre?«

Sie sprach die Worte so direkt aus, dass Austin sich ein wenig vor den Kopf gestoßen fühlte. Er wusste zunächst nicht, was er antworten sollte. *Sie hat das Telefongespräch belauscht... kann aber doch nicht ernsthaft denken, dass Rosanna meine Affäre ist! Es war doch deutlich zu hören, dass wir uns über meine*

Träume unterhalten haben.

»Was?«, fragte er schließlich ein paar Sekunden später, da das das einzige Wort war, was er in diesem Moment zustande bringen konnte.

»Ich habe das doch genau mitbekommen.«

Piper legte einen verdächtig ruhigen Ton an den Tag, der dafür sorgte, dass in Austins Kopf alle Alarmglocken zu läuten begannen. Er kannte diese Stimme seiner Frau nur allzu gut – in Folge dessen war es zwischen ihnen jedes Mal zum Streit gekommen, und er überlegte fieberhaft, wie er es dieses Mal schaffen können würde, nicht noch mehr Öl ins Feuer zu gießen. *Ich bin unschuldig, verdammt!*

»Verdammt, Schatz, Rosanna arbeitet im Krankenhaus und möchte mir helfen, mit Serenity Mason zu sprechen! Du musst doch verstehen, wie wichtig mir das ist!«

Er ging einen Schritt näher auf sie zu, obwohl er nicht wusste, wie sie darauf reagieren würde. Da sie sich jedoch nicht von ihm abwandte, legte er ihr seinen Arm um die Hüfte und zog sie so nah an sich heran, dass sich nur noch wenige Zentimeter zwischen ihren beiden Köpfen befanden.

»Ich verstehe ja, dass du an deiner Situation verzweifelst, und würde dir auch gerne helfen«, räumte sie ein.

»Aber ich weiß nicht, wie dir das Mädchen dabei behilflich sein soll.«

»Ich habe doch schon mit dir darüber gesprochen, dass ich in jede Richtung denken muss. Dazu zählt eben auch Serenity, weil sie ja der Auslöser für den Unfall gewesen war. Ich kann wirklich von Glück reden, dass sie scheinbar wohlauf ist.«

»Du solltest dem Mädchen ihre Ruhe gönnen. Sie muss sich doch erst noch von dem Unfall erholen.«

104

»Ich weiß, Schatz. Aber ich habe einfach keine Zeit – jede Sekunde ist wichtig, denn ich fürchte, dass mich meine Schlaflosigkeit ansonsten umbringen würde.«

Auch, wenn das etwas überspitzt klang, so wusste er doch, dass er damit die Wahrheit aussprach. Er musste einfach handeln und sah sich dazu gezwungen, dies in jede erdenkliche Richtung zu tun.

»Hast du es bereits mit den Tabletten probiert?«

»Ja, allerdings nicht mit der höchsten Dosis. Ich werde mich jetzt einfach wieder hinlegen und hoffe, dass es mir gelingt, zu schlafen. Du solltest dich auch hinlegen, es ist schon spät.«

»Das machen wir so. Gute Nacht.«

Entgegen seiner Erwartungen drückte sie ihm keinen Kuss auf die Lippen, sondern löste sich unmittelbar nach ihren letzten Worten von ihm und wandte sich ab. Sie betrat das Schlafzimmer, schloss die Tür, und ließ Austin ratlos auf dem Flur zurück. *Was stimmt nur mit ihr in letzter Zeit nicht? Sie hat sich noch nie nachts aus dem Haus geschlichen.* Ohne, dass er es wollte, spürte er, dass er ihr nicht wirklich glauben konnte. Er hasste sich selbst dafür, dass er ihr gegenüber ein derart großes Misstrauen hegte, und begab sich kopfschüttelnd wieder ins Wohnzimmer zurück. *Wahrscheinlich ist sie mit meiner Situation auch einfach nur überfordert. Verdammt, ich ziehe schon zu viele andere Menschen in den Morast meiner Verzweiflung mit hinein. Das muss doch endlich aufhören!* Er zog sich auf die Couch zurück, lehnte sich an und zog sich die Decke hoch bis unters Kinn. Er war sich sicher, dass er sich noch nie so verzweifelt und hoffnungslos gefühlt hatte, wie in diesem Moment. *Die Tabletten helfen mir auch nicht die Kontrolle wiederzubekommen, so wie ich es gehofft habe.* Sein Blick schweifte zu der

Schachtel herüber, die, fast verführerisch, auf dem Tisch lag und vom Licht der Deckenlampe angestrahlt wurde. Er lehnte sich nach vorne und streckte seine Hand aus, ehe er den Gedanken wieder verwarf. *Verdammt! Nicht jetzt! Du musst da durch, und alles, wirklich alles auf das Gespräch mit Serenity setzen.* Er betete in diesem Moment, dass das Mädchen in der Lage dazu war, ihm die Antworten zu geben, die er so sehnlichst brauchte.

Er hatte den Rest der Nacht schlaflos verbracht und sich nicht noch ein einziges Mal dazu hinreißen lassen, die Augen zu schließen und sich zur Ruhe zu begeben. Selbst, wenn er das gewollt hätte, wäre es ihm schwergefallen, weil ihm das bevorstehende Gespräch mit Serenity Mason einfach keine Ruhe ließ. Irgendwann in der Mitte der Nacht war er dazu übergegangen, Kaffee zu konsumieren, und hatte die Kanne schließlich zu Beginn des Tages geleert. Die große Menge an Koffein sorgte dafür, dass er sich unruhig fühlte – gegen die Müdigkeit, die wie ein bleiernes Tuch auf ihm lastete, kam sie jedoch nicht an. Als Piper schließlich auch aufgestanden und in der Küche Platz genommen hatte, um sich ein kleines Frühstück zuzubereiten, entschied er sich dazu, ihr Gesellschaft zu leisten. Er hatte anfangs noch lange über die Begegnung mit ihr mitten in der Nacht nachgedacht, war aber irgendwie zu keinem wirklichen Schluss gekommen, weshalb er sich dazu entschieden hatte, ihr einfach zu glauben. Jetzt, am Frühstückstisch, wollte er auch nicht weiter nachhaken, und hoffte auch, dass sie ihm nicht erneut Vorwürfe in Bezug auf Rosanna machen würde, da sie die Situation komplett falsch verstanden hatte. Als er durch den Türrahmen in die Küche trat, war sie gerade dabei, eine Scheibe

Brot mit Butter zu bestreichen.

»Hey.«

Sie warf ihm ein schwaches Lächeln zu und gähnte. Der Anblick, den sie abgab, ließ darauf schließen, dass sie vollkommen übernächtigt war. Austin hingegen graute es davor, selber in den Spiegel zu schauen. Er konnte sich nur ausmalen, was für einen Anblick er abgeben würde.

»Hast du gut geschlafen?«

»Nicht wirklich«, murmelte Piper und nahm einen Bissen vom Brot.

»Irgendwie lag ich die halbe Nacht wach und fühle mich dementsprechend gerädert. Aber da brauche ich dich ja gar nicht mit voll zu jammern.«

Sie legte eine kurze Pause ein, ehe sie weitersprach.

»Du hast wieder keine Sekunde geschlafen, oder? Trotz der Tabletten?«

Austin zuckte mit den Schultern.

»Vierzig Minuten ungefähr, ehe ich wieder aus einem Albtraum hochgeschreckt bin. Es muss sich wirklich dringend was ändern, sonst gehe ich noch kaputt daran.«

»Ich würde dir wirklich gerne helfen, und, verdammt, ich habe deshalb auch die halbe Nacht wachgelegen. Ich habe mir Gedanken gemacht, jedoch einfach keine Lösung gefunden.«

Austin fand es einerseits rührend, wie sich seine Frau um ihn kümmerte, doch andererseits wollte er keinesfalls, dass sie wegen ihm nicht in den Schlaf finden würde.

»Ich muss einfach alles versuchen und in jede mögliche Richtung denken. Ich möchte dich damit jedoch absolut nicht belasten.«

»Das tust du nicht. Wir haben uns doch damals geschworen,

dass wir gemeinsam durch jede Krise gehen, oder?«

Piper griff nach seiner Hand, und Austin ließ sie gewähren. Ihre warmen Finger legten sich um seine, woraufhin er die Augen schloss und den Moment auskostete. Ein paar Sekunden später mischte sich ein Geräusch in die Szenerie – es handelte sich um den Klingelton seines Handys. Er zog eine Augenbraue hoch, löste sich unter Pipers Hand und nahm sein Handy, welches im Flur lag, in die Hand.

»Rosanna?«

Er hatte ihre Nummer bereits auf dem Display gesehen und war dementsprechend vorgewarnt gewesen.

»Austin?«

Ihre Stimme klang ganz und gar nicht gut, obwohl Austin nicht mal mehr sagen konnte, woran das lag.

»Ja?«

»Es gibt Neuigkeiten. Ganz furchtbare Neuigkeiten.«

Austin schluckte, spürte jedoch, wie er damit den Kloß aus seinem Hals nicht vertreiben konnte. Sein Magen zog sich zusammen, und er bemerkte, wie ihm für einen Moment die Luft wegblieb, als er ihre folgenden Worte verarbeitet hatte.

»Serenity Mason ist tot. Sie wurde in der vergangenen Nacht ermordet.«

16

»Das darf doch nicht wahr sein.«

Er sprach die Worte mit zugeschnürter Kehle und hatte das Gefühl, sich dringend setzen zu müssen. Im Wohnzimmer um ihn herum schien es auf einen Schlag um zwanzig Grad kälter geworden zu sein, es fühlte sich so an, als würde er sich inmitten einer Eiswüste befinden. *Die Kälte stammt aus meinem Inneren*, dachte er, und fröstelte.

»Doch, es ist leider wahr.«

Rosannas Stimme drang monoton durch die Leitung.

»Andrea hat mich eben angerufen. Sie hatte es erfahren, als sie die Nachtschicht abgelöst hatte. Die Polizei war zwar relativ zeitnah vor Ort, es ist ihnen jedoch nicht gelungen, den Täter zu fassen.«

Austin musste das Gesagte erst einmal verdauen, doch er hatte in diesem Moment das Gefühl, dass das einfach zu viel auf einmal war. Sein Kopf drohte zu explodieren, noch dazu machte sich ein dumpfes Pochen hinter seinen Schläfen bemerkbar, welches ihn verrückt machte.

»Bist du noch dran?«

»Ja.«

Austins Stimme zitterte, er versuchte jedoch, sich das nicht so sehr anmerken zu lassen. Seine Hoffnungen auf einen Ausweg aus der Schlaflosigkeit hatten sich mit einem Schlag in Luft aufgelöst, ja, waren vor seinen Augen schier zerplatzt.

»Ich muss das erstmal verarbeiten. Ich rufe dich später an.«

»Mach nichts Unüberlegtes, okay?«

»Ja. Bis später.«

Austin beendete das Gespräch, ohne sich wirklich zu verabschieden. Er lehnte sich auf der Couch zurück, und spürte, wie sich eine alles überlagernde Taubheit auf seinen Gliedern ausbreitete. Sein Herz schlug ihm bis zum Hals, und ihm war heiß und kalt zugleich.

»War das wieder diese Rosanna?«

Er bekam die Worte von Piper nur am Rande mit, und war nicht mal mehr dazu in der Lage, zu nicken, weshalb sie ihre Frage wiederholte.

»Ja«, sagte er daraufhin.

»Es ist etwas schreckliches passiert. Serenity Mason ist im Krankenhaus ermordet worden.«

Piper nahm neben ihm auf der Couch Platz und legte ihre Hand auf seinen Oberschenkel.

»Und das hast du gerade erfahren? Das ist ja wirklich furchtbar.«

Ihre Stimmlage passte irgendwie nicht zu dem, was sie sagte, doch das war Austin in diesem Moment so ziemlich egal. *Sie hat sich in den letzten Tagen so für mich eingesetzt, und ist wahrscheinlich, genau wie ich, mit ihren Nerven einfach nur am Ende. Dass sie nicht mal mehr richtig schlafen kann, ist schon ein Indiz, welches ganz klar dafürspricht.*

»Ich weiß echt nicht mehr weiter.«

Mit diesen Worten spürte Austin, wie alles aus ihm herausbrach. Die Verzweiflung, die sich in den letzten Tagen angesammelt hatte, riss den Staudamm in seinem Inneren und bahnte sich in Form von Tränen aus seinen Augen heraus. Er vergrub sein Gesicht in seinen Händen und spürte, wie die negative Energie nach und nach aus seinem Körper floss.

»Ich kann nicht mehr. Diese Schlaflosigkeit macht mich absolut fertig!«

»Soll ich dich in die Notaufnahme bringen? Vielleicht können die dir helfen.«

Austin schüttelte entschieden den Kopf.

»Die halten mich dort doch für verrückt und stecken mich in eine Psychiatrie, wenn sie merken, dass die Medikamente bei mir nicht anschlagen. Ich muss herausfinden, wer mir so übel mitspielt.«

»Ich würde dir gerne helfen.«

Piper seufzte.

»Aber du weißt, dass ich heute ein Meeting habe, bei dem es um meine berufliche Zukunft geht. Ich würde mich sofort krankmelden und dir beistehen, doch den Termin heute kann und darf ich einfach nicht ausfallen lassen.«

Austin hatte das im Stress der letzten Tage vollkommen vergessen – noch vor einer Woche hatte Piper fast täglich von dem Gespräch gesprochen und sich einiges erhofft – immerhin ging es heute um eine Versetzung, die im Einklang mit einer saftigen Gehaltserhöhung stand.

»Das habe ich komplett vergessen. Aber klar, den Termin musst du wahrnehmen.«

Er drehte sich zu ihr und wischte sich Tränen aus den Augenwinkeln. Er hatte sich mittlerweile wieder gefangen.

»Ich komme klar. Wir sehen uns heute Abend wieder, okay?«

Piper zögerte, ehe sie nickte und ihm ein warmes Lächeln zuwarf.

»Ich wünsche dir viel Glück. Du schaffst das heute.«

»Danke«, entgegnete sie.

»Ich hoffe doch.«

»Aber selbstverständlich.«

Er warf einen Blick auf die Uhr.

»Du solltest dich langsam auf den Weg machen, damit du auf keinen Fall zu spät kommst.«

»Ich weiß.«

Sie drückte ihm einen flüchtigen Kuss auf den Mund, ehe sie das Wohnzimmer verließ und sich umzog. Zehn Minuten später fiel die Wohnungstür bereits ins Schloss, und Austin lauschte den Schritten von Piper im Treppenhaus, bis diese schließlich auch verstummten. *Sie hat mich anfangs wieder so komisch angesprochen, als sie gefragt hat, ob ich mit Rosanna telefoniert hatte. Sie scheint mir noch immer nicht wirklich zu glauben.* Er wusste jedoch nicht, ob er darüber enttäuscht sein sollte, weshalb er sich dazu entschied, es einfach zu vergessen. Jetzt hatte er jedenfalls erstmal Zeit, doch er wusste nicht, wie er diese sinnvoll nutzen können würde. Ein Blick aus dem Fenster heraus verriet ihm, dass der heutige Tag wieder einer derjenigen sein würde, an dem sich die Umgebung grau in grau präsentieren würde. Die Verpackung mit den Benzodiazepinen lag noch immer in der Mitte des Tisches, er hatte sie seit dem vergangenen Abend nicht angerührt. In seinem Kopf herrschte eine gähnende Leere, die dafür sorgte, dass er die verrücktesten Gedanken bekam. *Na komm, was kann schon passieren? Wenn du tot bist, hast du die Sorgen nicht mehr – und wenn du es schaffst, bist du diese Schlaflosigkeit ein für alle Mal los. Bei Sullivan Parker hat das Ganze auch funktioniert.* Es war, als sprächen Engel und Teufel in seinem Inneren zu ihm – letzterer hatte zuerst das Wort an sich gerissen, während sich nun der Engel bemerkbar machte. *Das Risiko ist viel zu hoch. Es besteht noch immer die Chance, dass du es schaffst, ohne dich in eine lebensbedrohliche Lage zu verfrachten. Du musst herausfinden, wer*

Serenity Mason getötet hat. Er war für einen kurzen Moment versucht, den Argumenten des Teufels stattzugeben, da die se für ihn irgendwie überzeugender klangen – entschied sich letzten Endes jedoch für die Stimme der Vernunft. Er wollte jetzt einfach nicht alleine sein, und da Piper bereits auf dem Weg zur Arbeit war und auch Troy schon in der Kabine seines Busses Platz genommen haben musste und Fahrgäste durch die Gegend kutschierte, blieb nur Rosanna übrig. Er griff nach seinem Handy und tippte die Nummer, die ihn als letztes angerufen hatte, an. Es dauerte dieses Mal ein wenig länger, es klingelte ganze fünf Mal, ehe Rosanna den Anruf entgegennahm.

»Austin?«

»Ja. Können wir uns treffen?«

»Jetzt?«

Sie klang ein wenig verdutzt.

»Ja. Passt das bei dir?«

»Ich bin gerade einkaufen. Wenn du mir zwanzig Minuten gibst, kann ich dich abholen. Ist noch etwas passiert?«

»Nicht direkt, nein. Ich muss nur dringend herausfinden, wer das Mädchen getötet hat.«

»Die Polizei ist an dem Fall dran. Sie haben ihre Ermittlungen bereits eingeleitet.«

»So viel Zeit habe ich aber nicht. Ich weiß nicht, wie lange ich das in meinem Zustand noch durchstehe. Ich bin körperlich und seelisch absolut am Ende.«

Rosanna brauchte einen Moment, bis sie antwortete. Den Geräuschen am anderen Ende der Leitung zu urteilen nach, befand sie sich gerade an der Kasse und bezahlte ihren Einkauf.

»Entschuldige bitte. Ich kann dich natürlich verstehen und werde dir helfen. Andrea wurde von der Krankenhausleitung aufgrund des schrecklichen Vorfalls direkt wieder nach Hause geschickt, am Empfang des *Sinclair Medicals* wird gerade mit absoluter Notbesetzung gearbeitet und es herrscht Aufnahmestopp, bis geklärt werden kann, wie der Mord passieren konnte. Was ich damit sagen möchte, ist, dass ich sie in unser Gespräch miteinbeziehen kann – wenn das für dich in Ordnung ist.«

»Ja, das ist okay. Ich hoffe nur, dass sie mich nicht für einen geisteskranken Irren hält. Immerhin habe ich mich im Zimmer von Serenity Mason fast mit einem Vorhang erdrosselt. Da habe ich bestimmt keinen guten Eindruck hinterlassen.«

»Ich habe sie bereits über deine Situation aufgeklärt. Sie hat mit Verständnis aber auch Unbehagen darauf reagiert, dass so etwas überhaupt möglich ist. Sie jedoch später zugestimmt, dass wir dir wirklich dringend helfen müssen.«

»Das erleichtert mich ungemein«, gab Austin zu und gähnte.

»Also, okay, ich bin einverstanden.«

»Dann bin ich in zwanzig Minuten bei dir und hole dich ab.«

»Alles klar, bis gleich.«

Austin beendete das Gespräch und legte das Telefon zufrieden auf den Tisch. Danach ging er, in der Hoffnung, sich etwas fitter zu fühlen, ins Badezimmer und duschte ausgiebig. Während das heiße Wasser über seinen Körper lief und er sich wenigstens den Schmutz der letzten Tage abwaschen konnte, dachte er über das nach, was er nun wusste und versuchte, die vielen losen Enden irgendwie miteinander zu verbinden. Er trocknete sich ab, zog sich neue Klamotten an und verließ das Haus. Als er die Tür öffnete, sah er, dass Rosanna bereits auf ihn wartete. Mit einem mulmigen Gefühl im Bauch öffnete er die Beifahrertür, nahm auf dem Sitz Platz und lehnte sich zurück.

»Hey, du siehst ziemlich... mitgenommen aus.«

»Das bin ich auch. Ich habe wieder kaum geschlafen, wie du weißt – nachdem wir telefoniert hatten, habe ich kein Auge mehr zugemacht.«

»Verdammt, und dazu noch die furchtbaren Neuigkeiten. Ich hoffe, wir werden aus dem Gespräch mit Andrea gleich zumindest ein paar weiterhelfende Schlüsse ziehen können.«

Austin nickte und richtete seinen Blick aus dem Fenster heraus. Er hatte im Moment einfach keine Lust, zu reden, und hoffte, dass Rosanna das nicht falsch verstehen würde. Während der Fahrt beließen sie es daher bei den nötigsten Worten, Austin versuchte, sich zu entspannen und die negativen Gedanken, die in der Zwischenzeit überhandgenommen hatten, irgendwie wieder loszuwerden. Etwa eine Viertelstunde später hatten sie ein Vereinsheim am Rande der Stadt erreicht. Austin war verwundert, als Rosanna ihren Wagen auf dem Parkplatz abstellte, und sah sie fragend an.

»Hier können wir in Ruhe alles mit Andrea besprechen. Sie hat einen Schlüssel und müsste jeden Moment auftauchen.«

Fünf Minuten später bog ein weiteres Auto auf den Parkplatz ein, und Rosannas Blick nach zu urteilen, handelte es sich dabei um Andrea. Diese Vermutung bestätigte sich, als Austin einen Blick durch die Windschutzscheibe werfen konnte.

»Tut mir leid, aber ich kam einfach nicht schneller durch den Stadtverkehr.«

Andrea stieg aus und schloss die Tür hinter sich. Austin und Rosanna folgten ihr zur Eingangstür des Vereinsheims, die sie mit einem Handgriff aufschloss.

»Kommt rein. Hier sind wir ungestört und haben genug Zeit, in alle Richtungen zu denken.«

Im Inneren war es kühl, weshalb Austin seine Jacke nicht an

den Haken hängte, sondern sie anbehielt. Hinter einem kurzen Flur befand sich ein Gastraum mit einem Tresen und vielen Tischen und Stühlen.

»Darf ich euch etwas zu trinken anbieten? Geht aufs Haus.«

»Ein Wasser mit Kohlensäure«, murmelte Rosanna.

»Für mich bitte ein Bier«, entgegnete Austin.

Fünf Minuten später befanden sie sich bereits mit den gewünschten Getränken am Tisch. Andrea hatte die Heizung höher gedreht, wovon allerdings noch nichts zu merken war.

»Also, ihr könnt euch sicherlich denken, wie ich mich heute Morgen gefühlt habe, als mich die Polizei bereits im Krankenhaus erwartet hatte. Zugegebenermaßen ist das keine Seltenheit, da bei uns öfter mal randaliert wird – das Krankenhaus liegt eben mitten in einem sozialen Brennpunkt. Doch heute habe ich direkt gemerkt, dass die Lage ernst ist.«

Sie legte eine kurze Pause ein. Austin hatte immer noch das starke Gefühl, dass sie sich ihm gegenüber reserviert und vorsichtig verhielt, und glaubte sogar immer mal wieder ein paar fragende Blicke ihrerseits in Richtung von Rosanna zu sehen. Das konnte er ihr allerdings auch nicht verübeln. *Ich habe mich im Krankenhaus wirklich unter aller Sau benommen.*

»Hat die Polizei irgendetwas dir gegenüber erwähnt?«

»Etwas, was mit dem Mord zu tun hat? Nein. Das Ganze ist halt mitten in der Nacht passiert, und als ich um sechs Uhr morgens dort aufgetaucht bin, haben sie mich direkt wieder nach Hause geschickt.«

»Verdammt, ich werde den Verdacht nicht los, dass das irgendetwas mit mir zu tun hat. Denkt ihr das nicht auch?«

Austin blickte die beiden Frauen hoffnungsvoll an.

Während Andrea die Augenbrauen hob und ihn mit einem skeptischen Blick bedachte, meinte Rosanna:

»Das denke ich mittlerweile auch. Gibt es irgendjemand, mit dem du in jüngerer Vergangenheit einen derart heftigen Streit hattest, dass du dieser Person zutrauen würdest, dass sie sich an dir rächen wollen würde?«

Austin versuchte, fieberhaft nachzudenken, doch das war in seinem aktuellen Zustand alles andere als leicht. Genauer gesagt war es ihm unmöglich, er zerbrach sich den Kopf, ihm fiel jedoch niemand ein.

»Nicht mal ansatzweise«, sagte er daher und senkte den Kopf.

»Es hat alles mit dem Unfall zu tun. In meinem Traum, den ich im Krankenhaus hatte, meinte Serenity ja zu mir, dass sie von irgendjemandem gestoßen wurde. Was, wenn das wirklich stimmt – und derjenige jetzt versucht, seine Spuren zu verwischen?«

»Das einzige Problem ist halt nur, dass das wirklich bloß ein Albtraum war«, murmelte Andrea.

»Verstehe mich nicht falsch, aber du kannst nicht mit ihr gesprochen haben, da sie zu dem Zeitpunkt noch im Koma gelegen hatte.«

»Das mit seinem Unterbewusstsein ist auch *nur* ein Traum«, entgegnete Rosanna und blickte Andrea scharf an.

»Dennoch müssen wir der Sache nachgehen, da sie ziemlich ernst ist. Bist du denn nun bereit, uns zu helfen, oder nicht?«

Austin war überrascht, wie stark sich Rosanna auf seine Seite geschlagen hatte. *Sie stellt sich sogar gegen ihre Freundin. Das muss schon wirklich bedeuten, dass sie alles versuchen würde, um mir zu helfen.*

»Natürlich, entschuldige«, räumte Andrea ein und nahm einen Schluck Wasser aus dem Glas, welches sie für sich bereitgestellt hatte.

»Wir sollten allerdings versuchen, einen logischen Ansatz zu bewahren. Ich kann mir einfach nicht vorstellen, dass das wirklich so passiert ist.«

Austin konnte ihre Skepsis mehr als gut verstehen. *Sie hat immerhin nicht das erlebt, was ich erlebt habe. Im Krankenhaus hat sie mich als Irren kennengelernt, der sich beinahe mit den Gardinen stranguliert hätte. Rosanna scheint wirklich ihre gesamte Überzeugungskraft eingesetzt zu haben, um sie zu einem Treffen zu bewegen.*

»Okay, aber wie erklärst du dir die Situation denn sonst? Wir haben doch keinen wirklichen Anhaltspunkt, und sollten auf die Fakten setzen, die wir kennen, oder nicht?«

Rosanna ließ ihren Blick zwischen Austin und Andrea schweifen. Es war ihr deutlich anzusehen, dass sie eine Antwort erwartete, doch Austin war nicht in der Lage dazu, ihr eine zu geben. Stattdessen war es Andrea, die ein paar Sekunden später wieder das Wort ergriff.

»Ich habe eine Visitenkarte von Officer Zimmerman bekommen. Er meinte zwar zu mir, dass ich mich bei ihm melden solle, falls mir irgendetwas einfällt, doch ich denke, es wäre nicht verkehrt, mal bei ihm anzurufen, oder nicht? Vielleicht ist die Polizei bei den Ermittlungen ja schon vorangekommen.«

Rosanna nickte zögerlich, Austin fühlte sich jedoch etwas zwiegespalten. Einerseits fand er die Idee gut, andererseits hatte er jedoch das Gefühl, dass der Polizist ihnen gegenüber unmöglich alles verraten würde, eben, weil er an seine Dienstvorschriften gebunden war. Dennoch mussten sie es einfach versuchen, weshalb er dem Vorschlag schließlich auch zustimmte.

»Okay. Vielleicht haben wir ja Glück und er ist uns gegenüber offen und gesprächig.

17

Während Andrea das Telefonat führte, hörte Austin nur mit halbem Ohr zu – da er nicht nur gegen die bleierne Müdigkeit, sondern auch gegen seine Gedanken ankämpfte, die mal wieder in alle Richtungen ausströmten.

»Er macht sich direkt auf den Weg.«

Andrea steckte ihr Handy wieder weg und nahm erneut einen Schluck Wasser. Austin meinte, eine gewisse Nervosität in ihrem Gesicht erkennen zu können. Rosannas Gesichtsausdruck hingegen hatte sich, seit sie Austin abgeholt hatte, nicht verändert, sie wirkte weiterhin ausdruckslos und lächelte nur ganz selten mal. Offenbar war ihr der Ernst der Lage bewusst.

»Glaubt ihr denn wirklich, dass wir einen Ausweg finden?«

Da es, seit Andrea das Telefonat mit Officer Zimmerman beendet hatte, wieder ruhig geworden war, hatte Austin sich dazu entschieden, das Wort zu übernehmen. Er brauchte einfach Ablenkung in diesem Moment, da er neben der Müdigkeit erneut von starken Kopfschmerzen geplagt wurde. Dass das Bier in seiner Verfassung keine gute Idee sein würde, konnte er sich zwar eigentlich denken, doch er nahm trotzdem einen Schluck und hoffte, dass sich die geringe Menge an Alkohol nicht direkt bemerkbar machen würde.

»Wir müssen.«

Da Rosanna nicht direkt geantwortet hatte, hatte Andrea das Wort übernommen.

»Auch, wenn ich, zugegebenermaßen, etwas erstaunt war, als mich Rosanna vorhin am Telefon auf dich angesprochen hat, so muss ich sagen, dass sich das während des Gespräches doch geändert hat. Ich kann mir das, was du erlebt hast, zwar absolut nicht vorstellen, glaube es dir aber, weil Rosanna mich überzeugt hat.«

Sie warf ihrer Freundin einen kurzen, flüchtigen Blick zu, und schaffte es tatsächlich, ihr ein Lächeln zu entlocken.

»Wir müssen also auf den Officer bauen. Damit wir auf seine Hilfe setzen können, solltest du ihn eventuell in die Situation einweihen.«

Austin spürte, dass es in der Zwischenzeit immer wärmer geworden war. Offenbar hatte die Heizung nun ihre höchste Stufe erreicht und verteilte jede Menge Wärme im Raum. Er zog sich daher seine Jacke aus, hängte sie über den Stuhl und machte sich danach daran, das Gespräch fortzusetzen.

»Ich weiß, ich kann nur hoffen, dass er mir glauben wird und mich nicht für geisteskrank hält. So langsam habe ich nämlich das Gefühl, dass ich da nicht mehr heil rauskomme.«

Für einen Moment senkte sich eine gespenstische, drückende Stille über den Raum. Die Luft schien förmlich elektrisch aufgeladen zu sein, so dass Austin das Bedürfnis hatte etwas sagen zu müssen, was die Spannung auflöste. Ihm fiel aber nichts ein.

Andrea durchbrach als erste das Schweigen.

»Wir sollten erstmal abwarten, was bei dem Gespräch mit Officer Zimmerman rauskommt. Okay?«

Austin nickte. Und so taten sie daraufhin auch genau das, sie warteten, bis sie den Privatwagen von Officer Zimmerman auf den Parkplatz des Vereinsheims fahren sahen. Andrea machte sich durch die Fensterscheibe hindurch bemerkbar, und kurz darauf hatte der Officer den Weg ins Innere bereits gefunden.

»Guten Tag, Ms. Lawrence.«

Sein Blick schweifte über Austin und Rosanna.

»Wie ich sehe, sind wir hier nicht alleine.«

»Das stimmt, Mr. Zimmerman.«

Austin gab sich einen Ruck und tat den ersten Schritt. Er stand auf, und streckte dem Officer seine Hand entgegen, die dieser zögernd annahm und schüttelte.

»Mein Name ist Austin Hobbs, und ich fürchte, dass ich schon etwas mit dem Fall zu tun habe. Ich befinde mich in einer schwierigen Situation, und würde Ihnen gerne versuchen, diese zu erklären. Haben Sie einen Moment Zeit?«

»Natürlich.«

Officer Zimmerman runzelte die Stirn und zog einen Stuhl zurück, auf dessen Sitzfläche er kurz darauf Platz genommen hatte. Er ließ sich von Andrea eine Cola bringen, während Austin bereits damit begann, seine komplette Geschichte zu erzählen, angefangen bei dem Unfall mit Serenity Mason. Zimmerman hörte aufmerksam zu und machte sich ab und zu Notizen auf einem kleinen Block, den er aus seiner Uniform geholt hatte.

»Das klingt alles ziemlich verwirrend«, räumte er ein, als Austin seinen Bericht beendet hatte.

»Ich werde jedoch mein Bestes geben, um ihnen zu helfen. Allerdings kann ich zum aktuellen Zeitpunkt noch keine Neuigkeiten weitergeben, da wir schlicht und ergreifend noch nichts herausgefunden haben. Der Mörder ist recht sorgfältig vorgegangen und hat so gut wie keine Spuren am Tatort hinterlassen.«

»So gut wie?«, fragte Rosanna und warf Zimmerman einen fragenden Blick zu.

Dieser schien sich jedoch bereits gedacht zu haben, dass diese Frage kommen würde, und hatte sich dementsprechend vorbereitet.

»Ja, so gut wie. An jedem Tatort verbleiben Dinge wie Fingerabdrücke oder Haare - und mehr als eben Fingerabdrücke haben wir noch nicht gefunden. Die Auswertung läuft auf Hochtouren.«

»Officer, verstehen Sie nicht, dass wir uns in einer Notlage befinden? Jemand möchte Austin... ich meine, Mr. Hobbs... gewaltigen Schaden zufügen, und derjenige darf damit doch nicht ungestraft davonkommen!«

Austin war froh, dass Rosanna das Wort übernommen hatte und die Diskussion mit dem Officer führte. Er fühlte sich momentan nicht in der Lage dazu, was auch daran lag, dass der Officer, obwohl er vermutlich erst Mitte dreißig war, eine Autorität ausstrahlte, die er in dieser Form erst selten erlebt hatte.

»Was sollen wir denn noch machen? Wir ermitteln in alle Richtungen.«

»Wie schaut es mit den Überwachungskameras aus?«

»Von denen konnte keine ein Bild des Täters einfangen, da dieser sich, vermutlich absichtlich, außerhalb des Radius bewegt hatte.«

»Es muss sich also um jemanden handeln, dem der Grundriss des Krankenhauses bekannt war. Verstehe ich das richtig?«, hakte Rosanna nach und erntete ein Nicken von Zimmerman.

»Das ist unsere Vermutung. Wir hoffen, dass sich die Situation in den kommenden Tagen klären wird - mir bleibt immer ein ungutes Gefühl im Magen zurück, wenn ich daran denke, dass sich ein Mörder auf freiem Fuß befindet.«

»Nur ist das Problem, dass uns Vermutungen nicht weiterhelfen.«

Rosanna hatte begonnen, zu sprechen, hatte jedoch innegehalten, als Andrea ihre Hand auf die Schulter ihrer Freundin gelegt hatte.

»Officer Zimmerman und seine Kollegen sind an dem Fall dran. In diesem Moment gibt es halt noch keine weiteren Erkenntnisse, Rose.«

Austin fiel auf, das Andrea den ihm bisher unbekannten Spitznamen von Rosanna nutzte, und konnte sich vorstellen, dass sie dies nicht ohne Hintergedanken tat. Zweifellos, sie wollte ihrer Freundin ins Gewissen reden, und hoffte, dass ihr das mit dieser Ansprache gelingen würde. Und tatsächlich - ein kurzes Flackern trat in Rosannas Augen, ehe sie ihren Blick in Richtung Tischplatte senkte.

»Sie hat recht«, sagte Austin und mischte sich so in die Konversation ein.

»Ich finde es wirklich nett von dir, dass du mir so helfen möchtest, aber momentan müssen wir erstmal abwarten.«

»Ich weiß, ihr habt ja recht«, murmelte Rosanna.

»Tut mir leid, ich wollte Sie nicht so angehen.«

Zimmerman nickte und lächelte. Es war ihm anzusehen, dass er ihr ihre Worte nicht übelnahm.

»Deine Situation hat mich von Anfang an ziemlich mitgenommen, weshalb ich dir einfach dringend helfen möchte.«

Rosanna sah Austin an, und er versuchte, ihren Blick mit einem Lächeln zu quittieren.

»Ich habe deine Hilfe auch bisher sehr zu schätzen gewusst, das kannst du mir glauben.«

»Nun, ich glaube, ich werde hier nicht mehr gebraucht, oder?«

Zimmerman leerte die Cola mit einem letzten Schluck und stand auf.

»Ich versichere Ihnen, dass wir uns direkt mit Ihnen in Verbindung setzen, wenn wir wissen, wer den Mord begangen hat. Ich werde noch heute Abend meine Recherchearbeiten fortsetzen, obwohl ich längst Feierabend habe.«

»Vielen Dank, Mr. Zimmerman. Ich weiß Ihre Hilfe sehr zu schätzen.«

Austin gab dem Mann seine Telefonnummer, ehe sie sich von dem Officer verabschiedeten. Nachdem er sein Bier geleert hatte und sie in der Runde noch ein bisschen über belanglose Themen gesprochen hatten, meinte er schließlich:

»Ich glaube, wir kommen, zumindest für heute, nicht weiter, oder?«

Andrea nickte.

»Wir drehen uns im Kreis. Aber mal ganz unter uns, das Ganze wirkt schon ziemlich gut geplant, oder meint ihr nicht?«

Austin hob seinen Kopf und sah sie an. Das Gespräch driftete in eine andere Richtung ab, und er verstand nicht ganz, worauf Andrea hinauswollte.

»Wie meinst du das?«, fragte er daher.

»Nun, gerade im *Sinclair* sind wir, wie du ja bereits weißt, ganz gut aufgestellt, was das Sicherheitspersonal anbelangt. Das ist nicht nur im Empfang der Fall, sondern sollte, gerade um die abendliche Zeit herum, auch auf den Gängen Gang und Gäbe sein. Ein solcher Mord, bei dem dem Opfer die Kehle durchgeschnitten wird, kann gar nicht lautlos abgelaufen sein.«

»Nun, es war nachts, und Serenity wird geschlafen haben«, murmelte Austin.

»Wenn sich der Mörder geschickt angestellt hat, und eventuell durch das geöffnete Fenster eingestiegen ist, kann das komplett lautlos abgelaufen sein.«

Er bekam eine Gänsehaut, als ihm die Tragweite des Ganzen bewusst wurde. Das Kribbeln breitete sich bis in seine Fingerspitzen aus, und sorgte auch dafür, dass seine Augenlider ein wenig schwerer wurden.

»Das stimmt natürlich«, räumte Andrea ein.

»Wir sollten daher wirklich unsere Hoffnungen auf Officer Zimmerman setzen.«

»Er wirkt ganz vernünftig«, murmelte Rosanna.

»Doch irgendwie habe ich das Gefühl, dass er uns gegenüber gar nicht komplett ehrlich sein wollte. Ich glaube, dass er etwas zurückgehalten hat.«

Austin hatte ebenfalls, zumindest für einen kurzen Moment, über das doch ein wenig reservierte Verhalten von Officer Zimmerman nachgedacht, das allerdings als Reaktion auf seine Geschichte verstanden.

»Er ist eben Polizist. Wir dürfen nicht zu viel in sein Verhalten hineininterpretieren.«

Rosanna nickte, sagte jedoch nichts dazu – es war allerdings offensichtlich, dass sie sich mit der Antwort nicht zufriedengab.

Kurze Zeit später hatten sie das Vereinsheim verlassen, und Austin befand sich wieder auf dem Beifahrersitz von Rosannas Auto. Während sie den Wagen durch die Stadt, die sich heute durch das trübe Wetter wieder grau in grau präsentierte, steuerte, versuchte er, das Gespräch zu verarbeiten und die richtigen Schlüsse daraus zu ziehen. Ohne das wirklich zu wollen, spürte er, dass er enttäuscht war, da er sich schon erhofft hatte, etwas Neues erfahren zu können. So würde nun ein weiterer Tag ins Land ziehen, an dem er sich seiner Schlaflosigkeit hingeben und sie einfach akzeptieren würde. Er wusste nicht, wie viel Kraft sein Körper mehr aufbringen konnte, doch jetzt, in diesem Moment, fühlte es sich so an, als wären seine Reserven beinahe aufgebraucht. *Ich habe dann als letzten Ausweg nur noch die*

Tabletten. Er erschrak vor seinem Gedanken und zuckte zusammen. *Da darfst du nicht mal drüber nachdenken, verdammt. Das ist Suizid!* Er schüttelte den Kopf und biss sich dabei mit Absicht so lange auf die Zunge, bis die Schmerzen deutlich zu spüren waren und ihn wieder zurück in die Realität geholt hatten. Der metallische Geschmack in seinem Mund signalisierte ihm, dass er blutete, was er beiläufig zur Kenntnis nahm. Der Tag war noch nicht besonders weit vorangeschritten, doch es wirkte so, als wäre es schon später Nachmittag. Viel heller würde es heute nicht mehr werden, die Sonne würde sich, bis es dunkel werden würde, hinter der dichten Wolkendecke versteckt halten und sich nicht mehr am Horizont zeigen.

»Soll ich dich direkt nach Hause bringen?«

Rosanna durchbrach die Stille, die aufgekommen war, woraufhin Austin nickte.

»Ja, bitte. Ich weiß zwar auch nicht, was ich da machen soll, aber ich versuche einfach, mich auszuruhen. Vielleicht gelingt es mir ja jetzt endlich mal, eine Mütze Schlaf zu finden.«

Er wusste selber, dass er mit seinen Worten nicht überzeugend klang, doch seine momentane Verfassung erlaubte es ihm einfach nicht, etwas zu überspielen. Rosanna merkte dies natürlich auch direkt, sagte jedoch nichts dazu. Erst, als sie vor seinem Haus angekommen waren und er die Tür öffnete, meinte sie:

»Du kannst mich jederzeit anrufen, wenn etwas sein sollte. Auch nachts.«

»Danke.«

Zu mehr Worten war Austin einfach nicht fähig, doch das reichte schon dazu aus, ihr ein Lächeln zu entlocken. Sie wirkte ziemlich geschafft, es war ihr anzusehen, dass ihr seine Situation ziemlich an die Nieren ging. Allein der Gedanke daran sorgte dafür, dass Austin augenblicklich Schuldgefühle verspürte. *Ich hätte sie nie so tief da hineinziehen sollen. Wir kennen uns doch eigentlich gar nicht.*

»Gerne.«

»Ich werde mich melden«, sagte er daher, um das Gespräch zu beenden.

»Bis dann.«

Er schlug die Autotür fester als beabsichtigt zu und blickte dem Wagen von Rosanna so lange hinterher, bis dieser hinter der nächsten Kurve, die tiefer ins Stadtinnere führte, verschwunden war. Er gelangte über das Treppenhaus wieder in seine Wohnung. Ein Blick auf die Uhr verriet ihm, dass Piper in etwa einer Stunde von der Arbeit zurückkehren würde, und er nutzte die Zeit dazu, es sich auf der Couch bequem zu machen. Gerade, als er sich gesetzt hatte, spürte er seinen leeren Magen, weshalb er sich in die Küche begab und sich zwei Brote schmierte. Da er plötzlich die Lust nach einem Spiegelei verspürte, erhitzte er den Herd und stellte eine Pfanne darauf, in die er einen Schuss Öl kippte. Mit zitternden Händen öffnete er den Kühlschrank und holte zwei Eier heraus. Während das Öl bereits in der Pfanne zu knistern begann, versuchte er, sich darauf zu konzentrieren, die Eier aufzuschlagen. Er spürte, wie seine Sicht verschwamm, und er nicht in der Lage dazu war, seine Aufmerksamkeit auf die vor ihm liegende Pfanne zu richten. Er versuchte, das linke Auge zu schließen, und mit der rechten Hand das erste Ei von der Schale zu trennen. Das Öl begann bereits, in alle Richtungen zu spritzen, und er fluchte auf, als ein Spritzer auf seinem Handrücken landete. Er schlug das Ei auf den Rand der Pfanne, rutschte dabei jedoch ab und riss sie von der Kochstelle. Das heiße Öl landete in hohem Bogen auf seinem Körper, woraufhin er vor Schmerz aufschrie. Geistesgegenwärtig riss er sich sein T-Shirt vom Leib und versuchte, den entstandenen Schaden so noch etwas in Grenzen zu halten. Das von der Schale getrennte Ei hatte sich bereits auf den Küchenfliesen verteilt, ein Teil des Eigelbs war sogar an den Schränken kleben geblieben. Als Austin das Ausmaß der Sauerei bewusstwurde, stöhnte er auf. Die Rückstände des heißen Öls brannten so stark auf seiner Haut, dass er das Gefühl hatte, es würde sich wie Säure in seinen Körper hineinfressen. *Ich bin nicht mal mehr dazu in der Lage, mir ein Ei zuzubereiten. Was soll mir das bitte sagen? Ich bin komplett am Ende.* Er zog sich wieder auf die Beine, drehte den Wasserhahn auf und schüttete sich eine Ladung kaltes Wasser ins Gesicht. Er hoffte, dass das ausreichen würde, die Lebensgeister zumindest ansatzweise in seinen Körper zurückkehren zu lassen.

18

In dem Moment, in dem Piper in die Wohnung trat, hatte Austin die Sauerei, die er angerichtet hatte, komplett gereinigt und die Küche wieder auf Vordermann gebracht. Er hoffte, dass seine Frau nichts davon mitbekommen würde, und vergewisserte sich mit einem letzten Blick.

»Hallo, Schatz.«

Er trat in den Flur und versuchte, ein Lächeln zustande zu bringen.

»Wie war dein Tag?«

»Geht. Ich habe die Stelle nicht bekommen.«

Austin fiel wieder das Meeting ein, von dem sie wochenlang gesprochen hatte – er hatte das in der ganzen Hektik, die der kleine Unfall in der Küche mit sich gebracht hatte, komplett vergessen.

»Verdammt, das tut mir leid. Warum hat das denn nicht geklappt?«

»Ich habe vermutlich keinen guten Eindruck gemacht, weil ich total übernächtigt war. Weißt du, ich lag einen Großteil der vergangenen Nacht wach und habe mir Gedanken darüber gemacht, wie wir dich aus deiner Situation rausholen können.«

Er konnte die Vorwürfe, die sie zwar nicht direkt aussprach, aber unauffällig unter ihre Worte mischte, klar heraushören, und wusste nicht, was er darüber denken sollte. *Verdammt, muss sie mir jetzt noch unter die Nase reiben, dass meine Probleme sie runterziehen? Ich fühle mich so doch schon schlecht genug.* Sein Magen drehte sich um, als ihm klar wurde, dass an der Situation niemand geringeres als er schuld war. *Es begann alles mit dem Busunfall. Nur, weil ich eine Sekunde lang nicht aufgepasst habe. Ansonsten hätte ich das garantiert verhindern können.* Diese Tatsache war ihm jetzt mehr denn je bewusst, weshalb er sich auch elendiger fühlte als je zuvor.

»Ich möchte dich nicht mit meinen Problemen belasten.«

Er wollte die Situation nicht weiter eskalieren lassen, und entschied sich dazu, einen beschwichtigenden Ton an den Tag zu legen. Genau genommen tat ihm Piper sogar mehr leid, als er sich eingestehen wollte – sie hatte sich wochenlang darauf vorbereitet und er hatte sie wenig bis gar nicht dabei unterstützt.

»Hör zu, so war das auch gar nicht gemeint«, sagte sie, doch da hatte er ihr bereits den Rücken zugedreht.

Er wollte es ihr gegenüber nicht zugeben, doch ihre Worte hatten ihn schon ziemlich verletzt. Ohne ihr noch etwas zu antworten, machte er sich wieder auf den Weg ins Wohnzimmer. Er wollte jetzt einfach nur allein sein, obwohl er wusste, dass ihm das auch nicht weiterhelfen würde. Um sich dennoch ein wenig abzulenken, schaltete er den Computer an und öffnete den Internetbrowser. Ohne ein festes Ziel vor Augen surfte er durch das Netz, und nahm währenddessen nicht mal zur Kenntnis, dass es draußen mit der Zeit dunkel wurde. Erst, als er merkte, dass ihn das grelle Licht des Monitors blendete, stellte er die Helligkeit etwas herunter und schaltete die große Deckenlampe des Wohnzimmers an. *Der nächste Tag ohne Besserung geht dem Ende entgegen. Wie weit soll das noch gehen?* Er war zwar froh, dass er, zumindest heute, keine Schlafattacken während des Tages erlitten hatte, und führte das sogar auf die Medikamente zurück, obwohl sie insgesamt gesehen nur bedingt weitergeholfen hatten. Piper ließ sich während des gesamten Abends über nicht ein einziges Mal blicken, sie verschanzte sich im Anschluss an das Abendessen im Schlafzimmer und verließ es nicht ein einziges Mal. Neben der Müdigkeit, die sich mit den Stunden auf ein immer schwerer ertragbares Maß steigerte, waren auch die Kopfschmerzen wieder sein stetiger Begleiter, sie fingen zunächst schleichend an und waren am Ende so stark, dass er den Computer noch vor Mitternacht ausschalten musste und sich aufs Sofa begab. Er musste den aktuellen Moment einfach dafür ausnutzen, um sich auszuruhen, da die Last auf seinen Lidern so schwer war, wie noch nie zuvor. Er versuchte daher, regelmäßig ein- und auszuatmen, richtete seine Augen in Richtung Fenster und spürte, wie sie fast von alleine langsam zufielen.

Stockfinster. Natürlich, was auch sonst? Schließlich war es in seinen Träumen, Visionen, oder was auch immer noch nie taghell gewesen. Im Schutze der Dunkelheit trugen sich eben die schlimmsten Dinge zu, das war schon immer so gewesen und wird auch immer so sein. Erst, als von irgendwoher der gelbe Schein eines Lichtes auftauchte, konnte er sich orientieren. Recht schnell fand er heraus, dass sich vor ihm ein gigantisches Gebäude befand, und als er sich in dem Lichtschein, der recht plötzlich aufgetaucht war, orientieren konnte, stockte ihm der Atem. Er konnte sich absolut nicht erklären, warum es ihn heute ausgerechnet in die Nähe des Sinclair Medical verschlagen hatte, doch die Tatsache, dass er sich, mitten vor einem Fenster, dort befand, war verdammt beängstigend. Durch die leicht verdreckte Scheibe konnte er in einen Raum blicken, in dem die Vorhänge nicht zugezogen waren. Schockiert sah er, dass es sich um das Zimmer von Serenity Mason handelte, und als er seinen Kopf nach unten senkte und ein Messer mit rostiger Klinge in seiner Hand erblickte, schrie er gequält auf. Er konnte sei-

ne Bewegungen nicht kontrollieren, sondern agierte wie ferngesteuert. Es war für ihn ein leichtes, durch das geöffnete Fenster zu steigen, er musste dazu nicht einmal die Scheibe einschlagen. Das Mädchen schlief, weshalb es sich dem Bett nähern konnte, ohne, dass sie davon Notiz nehmen konnte. Seine Fingerspitzen kribbelten, und alles in ihm verlangte danach, sie zu töten, obwohl er das eigentlich nicht wollte. Er fühlte sich hilflos, doch er gab sich der Macht, die ihn fernsteuerte, komplett hin. Seine Fingerspitzen schlossen sich langsam um das abgenutzte Heft des Messers, und ehe er sich versah, hatte er die Kehle des Mädchens bereits mit einem schnellen, unsauberen Schnitt geöffnet.

Austin schrie sich die Seele aus dem Leib, als er langsam wieder zu sich kam. Alles um ihn herum verschwamm, ehe es ihm so langsam gelang, wieder zu sich zu finden. Er brauchte einen Moment, bis er realisierte, dass er sich nicht im Krankenhaus, sondern in seinem Wohnzimmer befand. Sein Herz schlug ihm bis zum Hals und es war ihm einfach nicht möglich, sich zu beruhigen. Auf dem Tisch befand sich noch immer ein Glas Wasser, und daneben die Tabletten, die im von der Decke herabfallenden Licht fast verführerisch zu glänzen schienen. *Kann ich das Mädchen wirklich getötet haben?* Der Gedanke war in der Folge des schrecklichen Albtraums entstanden und hatte sich wie ein bösartiger Parasit in seinen Hirnwindungen festgesetzt. *Letzte Nacht war ich etwa vierzig Minuten weg gewesen. Was, wenn ich da nicht geschlafen habe, sondern ins Auto gestiegen bin und einen Mord begangen habe?* Er versuchte krampfhaft, sich zu erinnern – doch da war eben nur die eine Auseinandersetzung mit seinem Unterbewusstsein gewesen, die allerdings nicht wirklich lange gedauert hatte. *Ich kann das doch nicht wirklich gemacht haben.* Er konnte seine Gefühle in diesem Moment nicht einordnen, und diese Tatsache verängstigte ihn am meisten. Er traute sich absolut zu, diesen Mord begangen zu haben, und hoffte verzweifelt, dass das einfach nicht der Wahrheit entsprechen würde. *Nehmen wir mal an, die Benzodiazepine haben mich in einen handlungsunfähigen Zustand versetzt. Ich bin ins Auto gestiegen, irgendwie zum Krankenhaus gefahren, bin durchs offene Fenster geklettert und habe mit Serenity gesprochen. Das habe ich im Traum zwar nicht gesehen, aber den hatte ich auch jetzt, und nicht letzte Nacht. Sie hat etwas gesagt, was mir nicht gefallen hat – vielleicht etwas, was meine Schuld bewiesen hat? Danach habe ich die Kontrolle verloren, sie umgebracht, und bin dann wieder geflüchtet. Ich habe mich am heutigen Morgen nicht im Spiegel angesehen, das heißt, es kann sogar Blut auf meinen Klamotten zurückgeblieben sein, was ich jetzt aber nicht mehr prüfen kann, weil Piper sie vorhin gewaschen hat.* Sein Kopf begann zu dröhnen und ihm drehte sich der Magen um. Alle Indizien sprachen dafür, alle Zeichen deuteten darauf, dass er Serenity Mason umgebracht hatte. Er richtete seinen Blick auf die Tablettenschachtel und nahm zur Kenntnis, wie seine Sicht mit jeder weiteren, vergehenden Sekunde immer mehr verschwamm. Für ihn gab es in diesem Moment nur noch einen einzigen Ausweg, und der waren eben die Benzodiazepine. *Mach es wie Sullivan Parker.* Die Engelsstimme in seinem Kopf war komplett verstummt, weshalb der Teufel nun gänzlich Besitz von ihm übernommen hatte, und ihm die einzige Lösung aufzeigte. Er hatte an diesem Abend noch keine einzige Tablette genommen, und griff zögerlich nach der Verpackung, aus der er einen Blister herauszog. Bevor er sich mit der Einnahme befasste, stand er auf und begab sich in Richtung des Barfaches. Er öffnete es und zog eine angebrochene Flasche Wodka hervor. Er drehte den Schraubverschluss mit zitternden Händen auf, machte es sich auf der Couch bequem, und hielt kurz inne. *Ich sollte Rosanna Bescheid geben*, dachte er, und holte sein Handy hervor. Ihm fielen in diesem Moment jedoch einfach nicht die richtigen Worte ein, weshalb er eine ganze Zeit lang überlegte. Irgendwann, es mussten sicherlich zehn Minuten vergangen sein, hatte er einen Text geschrieben, den er, nach nochmaligem Lesen, für gut befand.

Hallo Rosanna,

ich habe meinen Entschluss gefasst und sehe einfach keinen anderen Weg, als den, den der Lokführer Sullivan Parker vor siebzehn Jahren gewählt hat. Ich bin fest davon überzeugt, dass ich Serenity getötet habe, weil ich in einem schwachen Moment die Kontrolle über mich selbst verloren habe. Du musst bitte sofort, wenn du diese Nachricht liest, einen Krankenwagen rufen – dann kann ich vielleicht noch gerettet werden, was mir allerdings jetzt auch gar nicht mehr so wichtig ist. Ich bin ein Mörder und hätte es verdient, vom Antlitz der Erde zu verschwinden. Ich respektiere deine Entscheidung, wie auch immer sie ausfallen mag. Lebewohl. Austin.

Er drückte mit zitternden Händen auf „Senden" und wartete, bis die Nachricht das Eingabefeld verlassen hatte und im Chat auftauchte. Ohne sich das alles nochmal durch den Kopf gehen zu lassen, presste er sich eine Handvoll Tabletten aus dem Blister und steckte sie sich nacheinander in den Mund. Er spülte sie jeweils mit einem Schluck Wodka hinunter, und nahm zur Kenntnis, dass, während er die fünfte Tablette schluckte, sein Handy klingelte. Ein Blick auf das Display verriet ihm, dass Rosanna ihn anrief – er ignorierte das jedoch und nahm den Anruf nicht an. Er spürte, wie ihn die Kombination aus Alkohol und Tabletten schummrig werden ließ, ehe er kurze Zeit später das Bewusstsein verlor.

19

Ein leises, monotones und immer wiederkehrendes Piepen sorgte dafür, dass Austin erwachte. Er blinzelte mehrmals und sah
sich um. Um ihn herum war es hell, und als ein paar Sekunden
vergangen waren, konnte er auch sagen, wo er sich befand. Er
lag in einem Krankenbett, und das leise Piepen stammte von den
Maschinen, die ihn vermutlich in den letzten Stunden oder Tagen am Leben erhalten hatten.

»Er ist aufgewacht!«

Eine Stimme, die er zunächst nicht einordnen konnte, drang zu
ihm herüber. Als er sich nach rechts drehte, konnte er deren Ursprung auch erkennen.

»Rosanna?«, fragte er verdutzt.

»Was mache ich hier?«

»Du hast versucht, dir das Leben zu nehmen, und das ist dir
auch beinahe gelungen. Als du hier eingeliefert worden bist,
warst du klinisch tot – den Ärzten ist es jedoch gelungen, dir
den Magen auszupumpen, und dich wieder ins Leben zurückzu-
holen.«

Austin brauchte einen Moment, um ihre Worte verstehen und
verarbeiten zu können. Es herrschte ein dichter Nebel in seinem
Kopf, und der lichtete sich erst wieder, als die Geschehnisse der
verhängnisvollen Nacht hervortraten. *Alkohol und Schlaftablet-
ten. Eine in den meisten Fällen ohne ärztliche Hilfe tödliche
Dosis.*

»Ich habe direkt einen Krankenwagen angerufen, als du mir die
SMS gesendet hattest. Die Ärzte meinten, dass das Ganze deswegen so glimpflich abgelaufen ist. Hätte die Ankunft des Not-

arztes auch nur fünf Minuten länger gedauert, hättest du es nicht geschafft.«

»Es... tut mir leid«, murmelte Austin.

»Ich wollte dich da ja nicht mit reinziehen. Wie lange war ich im Koma?«

»Zwei Tage«, entgegnete Rosanna.

»Und in denen ist viel passiert. Die Polizei hat die Auswertung der Fingerabdrücke bekommen und durch den Datenabgleich tatsächlich analysieren können, zu wem diese gehörten. Officer Zimmerman war so freundlich und hat Andrea und mich darüber informiert.«

»Und, was war das Ergebnis?«, fragte Austin aufgeregt.

»Es handelte sich um einen Mann Mitte sechzig, sein Name war Edgar Reed.«

»War?«, fragte Austin irritiert.

Er versuchte, sich im Krankenbett aufzurichten, schaffte das allerdings erst im zweiten Versuch. Sein Kopf schwirrte, weshalb er sich einen Moment zum tief durchatmen nahm, ehe er es schließlich schaffte.

»Ja. Die Polizei hat ihn tot aufgefunden – alles deutet auf einen brutalen Selbstmord hin. Sie gehen davon aus, dass er sich erst die rechte Hand abgehackt hat, ehe er sich mit der Linken eine Waffe in den Mund gesteckt und sich erschossen hat.«

»Hatte er eine Verbindung zu Serenity Mason?«

»Dazu ist bisher noch nichts bekannt. Ich habe gestern erst mit Officer Zimmerman gesprochen, und er meinte, dass die beiden sich vermutlich nicht gekannt hatten.«

Warum sollte so jemand nachts in ein Krankenhaus einsteigen und ein unschuldiges Mädchen töten? Selbst der kränkste Psychopath hatte ein Muster, nach dem er vorging, und ein solches war in diesem Fall absolut nicht zu erkennen – zumindest nicht für Austin. Es erleichterte ihn allerdings ungemein, dass er mit dem Tod des Mädchens nichts zu tun hatte und somit unschuldig war – obwohl das Serenity auch nicht zurück ins Leben holen würde.

»Danke, dass du so schnell gehandelt hast. Ich hatte wirklich Glück im Unglück.«

Rosanna lächelte.

»Ich hoffe, das Ganze hat wenigstens etwas gebracht. Gib mir bitte unbedingt Bescheid, falls dich die Schlafstörungen wieder heimsuchen sollten.«

Austin nickte. Irgendwie hatte er das Gefühl, dass er es endlich geschafft hatte – er wollte sich jedoch nicht zu früh freuen, sondern abwarten, ob sich das auch als wahr herausstellen würde.

»Deine Frau wartet auf dem Flur. Ich lasse dich jetzt erstmal alleine.«

Austin nickte, und sah Rosanna hinterher, bis sie das Zimmer verließ – und Piper für sie eintrat.

»Hey.«

Ihre Stimme zitterte.

»Hey.«

Mehr Worte hatte Austin in diesem Moment nicht übrig, und er hoffte, dass Piper etwas kommunikativer sein würde.

»Du hattest einfach keinen anderen Ausweg mehr gesehen, oder?«

Er nickte.

»Ja, ich bin absolut verzweifelt und hatte einen emotionalen Zusammenbruch. Das Ganze war eine Kurzschlussreaktion... ich wollte mich nicht umbringen, hatte jedoch keine andere Wahl mehr gesehen, als die Tabletten und den Alkohol.«

»Zum Glück hast du Rosanna benachrichtigt. Ihr Eingreifen war schnell und richtig.«

Piper hob ihren Blick, den sie zuvor gesenkt hatte.

»Sie scheint ganz in Ordnung zu sein, und es tut mir leid, dass ich dir in Bezug auf sie ein wenig misstraut hatte. Du weißt doch, dass ich ganz schnell eifersüchtig werden kann.«

Austin rang sich ein Lächeln ab. Damit hatte sie mal sowas von recht – doch er hatte sie eben nicht anders kennengelernt, und dieser Charakterzug gehörte genauso zu ihr, wie alle anderen, positiven und negativen Eigenschaften.

»Ich liebe nur dich, dessen kannst du dir sicher sein. Rosanna hat sich in der Zeit allerdings als enorme Stütze erwiesen, und weißt du... ich wollte dich nicht noch mehr belasten, als das sowieso schon der Fall gewesen war. Immerhin hast du wegen mir ja auch die Chance auf die Beförderung verpasst.«

»Ach, das ist nicht so schlimm.«

Piper machte eine wegwerfende Geste.

»Es gibt bei mir im Unternehmen viele Möglichkeiten, aufzusteigen, und es werden immer mal wieder neue Stellen frei. Ich versuche es einfach das nächste Mal nochmal, der Draht zu meinem Chef ist weiterhin gut und ich bin mir sicher, dass er dann auf mich setzen wird.«

Sie griff nach seiner Hand, und er genoss die Wärme, die sie in diesem Moment ausstrahlte. Sie zitterte zwar ein wenig, doch das war vermutlich bloß darauf zurückzuführen, dass sie zwei Tage auf ein Lebenszeichen von ihm gewartet hatte – ehe er schließlich aus dem Koma erwacht war.

»Wie geht es denn jetzt weiter? Weißt du schon etwas?«

»Ich habe mit dem Chefarzt gesprochen, und er meinte zu mir, dass du dich auf jeden Fall einer Therapie unterziehen solltest – er empfiehlt sogar, dass wir dich für eine gewisse Zeit in die Psychiatrie einweisen lassen. Ich habe dem erstmal vorsichtig zugestimmt, und hoffe, das ist in deinem Sinne.«

Austin ließ sich ihre Worte durch den Kopf gehen. *Vielleicht hilft mir das dabei, das Trauma, welches durch den Unfall entstanden ist, zu verarbeiten.* Er nickte daher ein paar Sekunden später und sagte:

»Ich denke, das ist das einzig Richtige. Immerhin war ich so verzweifelt, dass ich keinen anderen Ausweg als den Selbstmord gesehen habe, der ja am Ende zum Glück nicht funktioniert hat. Eine Therapie wird mir dabei helfen, das alles loszuwerden.«

»Es freut mich, dass du das ähnlich siehst. Wie geht es dir momentan?«

»Ich würde sagen, den Umständen entsprechend gut. In der kommenden Nacht werde ich zwar erst erfahren, ob ich die Schlaflosigkeit losgeworden bin, aber irgendwie habe ich ein gutes Gefühl.«

Piper lächelte.

»Dann wird es Zeit, dass wir den Weg, der vor dir liegt, gemeinsam angehen. Oder was meinst du?«

Austin nickte.

»Das machen wir.«

Der Kuss, den Piper ihm kurz darauf auf den Mund drückte, fühlte sich so gut an, wie noch nie etwas anderes zuvor in seinem Leben. Es schien doch tatsächlich so gewesen zu sein, dass die schwere Krise, in die Austin in Folge seines Unfalls gerutscht war, sie zusammengeschweißt, und ihre Liebe füreinander wieder neu entfacht hatte.

20 *Zwei Monate später…*

Der laute Gong der Türklingel hallte im Inneren der Wohnung wider. Austin entfernte sich von der Kaffeemaschine und begab sich in Richtung Tür. Dort betätigte er den Öffner, und wartete darauf, bis Troy die Treppenstufen hinaufgestiegen und in seine Wohnung eingetreten war.

»Hey!«

Austin lächelte, was Troy direkt erwiderte.

»Hey, Austin. Alles in Ordnung bei dir?«

Austin nickte. Ja, es war alles in bester Ordnung – er hatte die Schlaflosigkeit durch die Überdosis an Tabletten und seinen Beinahe-Tod tatsächlich überwunden und war in den letzten zwei Monaten nicht ein einziges Mal von Albträumen oder Visionen heimgesucht worden. Die Therapie war auch sehr erfolgreich verlaufen, so dass er nach nun acht Wochen entlassen worden war. Piper hatte ihn alle zwei Tage besucht, und auch Rosanna war oft bei ihm gewesen, wenn auch nicht ganz so regelmäßig. Mit Troy hatte er einige Male telefoniert, und es freute ihn, seinen Freund und Kollegen heute endlich mal wieder vor sich zu sehen. Sie hatten beschlossen, den heutigen Tag gebührend mit Kaffee und Kuchen zu feiern, und Piper war gerade dabei, alles herzurichten. Der Tisch im Wohnzimmer war bereits gedeckt und Austin begleitete Troy hinein. Danach begab er sich in die Küche, in der Piper gerade dabei war Milch in ein Kännchen zu schütten.

»Soll ich noch was reinbringen?«

»Nein, alles gut, ich mache das schon. Du kannst Troy Gesellschaft leisten.«

Das ließ sich Austin nicht zweimal sagen und ging zurück ins Wohnzimmer. Troy hatte es sich bereits auf der Couch bequem gemacht.

»Du hast also wirklich alles überwunden?«

Austin nickte.

»Ja. Ich bin geheilt – ich habe den Unfall überstanden und meine Schlaflosigkeit ebenfalls besiegt. Weißt du, an diesem düsteren Abend vor zwei Monaten war ich wirklich der Überzeugung, dass ich Serenity Mason getötet habe. Mein Unterbewusstsein hat mir derart heftige Streiche gespielt, dass ich einfach nicht mehr weiter wusste.«

»Umso besser, dass es nun vorbei ist.«

Kurze Zeit später kam Piper bereits mit einem Tablett in der Hand hinein, auf dem sich neben drei Tassen und Untertassen auch zwei Milchkännchen und eine Schüssel mit Zucker befand. Sie stellte es auf dem Tisch ab und platzierte eine der beiden Kännchen etwas abseits. Zwei Minuten später hatte sie auch bereits den Schokoladenkuchen mit einer ordentlichen Portion Sahne serviert, und allein der Anblick der süßen Köstlichkeit sorgte bei Austin dafür, dass ihm das Wasser im Mund zusammenlief.

»Kaffee ist zwar nichts zum Anstoßen, aber heute trinken wir auf dich.«

Troy hob seine Tasse und nippte an dem Heißgetränk. Nachdem sie jeder ein paar Gabeln von dem Kuchen gegessen hatten, schweifte das Gespräch in eine andere Richtung ab.

»Es ist doch super, dass am Ende alles glimpflich gelaufen ist«, meinte Troy zwischen zwei Bissen.

»Ich gehe mal eben kurz auf Toilette«, murmelte Piper und stand auf.

»Und ich hätte gerne einen Schluck Wasser.«

»Dann komm mit in die Küche.«

Piper und Troy verließen das Wohnzimmer und ließen Austin auf der Couch zurück. Er lehnte sich zurück und ließ seinen Blick schweifen. Ja, hier hatte er die schlimmsten Nächte seines Lebens verbracht, und in diesem Moment wirkte es auf ihn, als wäre das Ganze erst wenige Tage her. Dabei waren seit der verhängnisvollen Nacht zwei Monate vergangen, in denen er zahlreiche Therapiestunden hinter sich gebracht hatte. *Sie haben einen anderen Menschen aus mir gemacht, und das Ganze habe ich nur durchgestanden, weil ich so eine großartige Unterstützung hatte – sowohl von Piper und Troy, als auch von Rosanna.*

»Möchtest du dir nicht etwas Milch in den Kaffee gießen?«

Piper tauchte kurze Zeit später wieder im Wohnzimmer auf und nahm das Kännchen, welches sie in der Mitte des Tisches platziert hatte, in die Hand. Sie warf einen kurzen Blick hinein und meinte:

»Ich gehe mal eben nachfüllen. Dafür habe ich aber ja auch direkt zwei vorbereitet.«

Sie reichte ihm die andere, die sich etwas abseits auf dem Tisch befunden hatte. Irgendwie hatte sie sich, seit sie gemeinsam mit Troy in die Küche gegangen war, verändert – sie war nervös geworden, und versuchte scheinbar auf Krampf, das vor ihm zu verbergen. Austin entschied sich jedoch dazu, sich darüber keinen Kopf zu machen. Er wollte sich heute von seinen negativen Gedanken nicht den Tag verderben lassen, das hatte er sich schon nach dem Aufstehen geschworen. Stattdessen schüttete er sich etwas Milch in den Kaffee, rührte um, und nippte an der Tasse. Der Kaffee war bereits etwas abgekühlt, jedoch noch immer lauwarm, was es ihm ermöglichte, gleich die halbe Tasse in einem Zug zu trinken. Er kippte sich noch etwas Zucker hinein, ehe er den Rest trank. Er wusste nicht, warum er plötzlich einen solchen Durst verspürt hatte, und stellte die Tasse wieder auf der Untertasse ab, als er sie ausgetrunken hatte. Während er sich zurücklehnte, spürte er, dass irgendetwas nicht stimmte. *Was ist denn jetzt los?* Seine Augenlider wurden schwer, und er fühlte sich wieder an die schrecklichen Zeiten von vor zwei Monaten erinnert. Alles in ihm schrie danach, dem Drang, die Augen zu schließen, zu widerstehen. *Wo bleiben die beiden denn, verdammt!* Er wollte sich gerade auf die Beine ziehen, ehe er bereits das Bewusstsein verloren hatte und in einen tiefen Schlaf gesunken war.

21

Als Austin wieder zu sich kam, brauchte er einen Moment, um sich zu orientieren. Er befand sich im Wohnzimmer, genauer gesagt auf der Couch. Der Tisch vor ihm war noch immer gedeckt, die Teller mit den Kuchenstücken noch nicht abgeräumt. Von Piper und Troy hingegen fehlte, zumindest im Wohnzimmer, jede Spur. Draußen dämmerte es bereits, in wenigen Minuten würde es komplett dunkel sein. Er versuchte, aufzustehen, scheiterte jedoch im ersten Versuch, da er sich zu benommen fühlte. *Seltsam,* dachte er. *Warum spielt mein Kreislauf so verrückt? Warum bin ich so plötzlich eingeschlafen? Und wie lange habe ich geschlafen?* Beim zweiten Anlauf klappte es, er kam auf die Beine und schaffte es, das Licht anzuschalten. *Wo sind die beiden, verdammt?* So langsam kamen seine Erinnerungen wieder zurück, und er spürte, wie sich ein starker, unerträglicher Druck auf seinen Brustkorb legte und ihn zu erdrücken schien. *Ich bin die Schlaflosigkeit nicht losgeworden. Das Ganze hat sich vielleicht nur gewandelt – hoffentlich ist nichts passiert!* Mit zitternden Knien wagte er sich aus dem Wohnzimmer hinaus in den Flur, dem sich Bad und Küche anschlossen. Die Tür zum Badezimmer war angelehnt, und schon auf den ersten Blick konnte Austin sehen, dass etwas nicht stimmte, da im Rahmen ein Fuß zu sehen war. Er zog die Tür auf, und spürte, wie sein Blick verschwamm, als er sah, zu wem der Fuß gehörte. Vor ihm befand sich Troy – er lag reglos auf dem Boden und hatte einen leeren Ausdruck in den Augen. Was aufgrund des Messers, welches bis zum Heft in seinem Hals steckte und ihm die Kehle aufgerissen hatte, ja auch kein Wunder war. Obwohl Austin wusste, dass Troy tot war, ging er auf die Knie und versuchte verzweifelt, nach dem Puls seines Kollegen und Freundes zu tasten. Doch das war natürlich vergebens. Er spürte, wie ihm die Tränen in die Augen traten. *Hat der Aufenthalt in der Psychiatrie wirklich nichts gebracht – und bin ich echt zum Mörder geworden? Aber wie soll das passiert sein, verdammt?* Falls sein Unterbewusstsein ihm wieder etwas mitgeteilt haben könnte, so hatte er das nicht bewusst erlebt – beziehungsweise keine Erinnerungen daran, da alles im Nebel des Schlafs verschwunden war. Die Bodenfliesen waren über und über mit Blut bedeckt, es war sogar bereits in den kleinen Teppich gesickert, der sich direkt vor der Waschmaschine befand. *Wo ist Piper?* Er blinzelte die Tränen, die sich in seinem Auge aufgestaut hatten, weg, und stand auf.

»Piper?«

Sein Magen drehte sich um, und ihm war plötzlich so schlecht, dass er sich umdrehte und sich übergab. Er schaffte es nicht mehr bis zum Toilettenbecken, sondern blieb in dem kleinen Spalt zwischen Tür und Türrahmen stehen. Er hustete und keuchte und spürte, wie sich alles, was er gegessen hatte, auf dem Badezimmerboden verteilte. In der Wohnung herrschte eine Totenstille, und diese Tatsache verstärkte seine Angst davor, die restlichen Zimmer zu durchsuchen. Dennoch wusste er, dass er keine andere Wahl hatte, weshalb er sich auf die Beine zog und das Badezimmer wieder verließ. Jeder Schritt war eine Qual – die Übelkeit, die ziemlich plötzlich aufgekommen war, war nun zwar wieder verschwunden, doch dafür hatten sich die Kopfschmerzen verstärkt, was ihn sich noch schummriger fühlen ließ, als das zuvor der Fall gewesen war. Mit unsicheren Schritten wagte er sich zunächst in die Küche, ehe er das Schlaf-

zimmer und danach sogar die Abstellkammer durchsuchte –
doch von Piper fehlte jede Spur. Nichts deutete darauf hin, dass
sie ebenfalls einem Verbrechen, welches er vermutlich begangen hatte, zum Opfer gefallen war. Als er sich schließlich wieder im Flur befand und seinen Blick in Richtung Boden senkte,
sah er etwas unter der Kommode herausschauen. Er ging auf die
Knie, und zog eine kleine Ampulle hervor. Er hielt sie kurz darauf unter das Licht der Flurlampe, um herausfinden zu können,
was auf dem Etikett geschrieben stand. Als er die handgeschriebenen Buchstaben nach und nach begriff und den Zusammenhang herstellen konnte, wurde ihm heiß und kalt zugleich. *KO-
Tropfen?* Seine Hände zitterten, und er brauchte erst einmal einen Moment, um sich zu beruhigen. Er ging zurück ins Wohnzimmer, und nahm sein Handy, das noch immer neben dem Ku-
chenteller lag, wo er es vor ein paar Stunden hingelegt hatte. Er
tippte die Nummer von Piper ein, drückte die Wahltaste, und
hielt sich das Gerät ans Ohr. Das leise Piepen in der Leitung
signalisierte ihm, dass eine Verbindung aufgebaut wurde, doch
als das Gespräch nach dem zwanzigsten Klingeln nicht ange-
nommen wurde, legte er auf. Er konnte sich das alles absolut
nicht erklären. Er lehnte sich erstmal zurück, um über das, was
geschehen sein musste, nachzudenken. *Einer von beiden, ent-
weder Piper oder Troy, hat mir K.O.-Tropfen in den Kaffee ge-
kippt. Aber warum ist das passiert?* Er versuchte, über das nachzudenken, was passiert war, bevor er das Bewusstsein verloren
hatte. *Troy wollte sich einen Schluck Wasser holen, und Piper
musste auf Toilette. Sie kam dann wieder, und hat mir dazu ge-
raten, mir etwas Milch einzugießen – aus der Kanne, die sie etwas abseits auf den Tisch gestellt hatte.* Der Nebel in seinem
Kopf wollte sich einfach nicht verziehen, doch er lichtete sich

zumindest etwas und ermöglichte ihm so, das alles ein bisschen besser begreifen und Zusammenhänge aufstellen zu können. *Sie wollte mich außer Gefecht setzen und hat Troy ermordet. Oder? Was soll sonst passiert sein?* Er konnte, nein, wollte das einfach nicht glauben. *Es gibt keine andere, vernünftige Erklärung.* In dem Moment, in dem er seinen toten Kollegen auf dem Badezimmerboden entdeckt hatte, war er davon ausgegangen, dass das, was er mit der Therapie gedacht hatte, vertrieben zu haben, wieder zurückgekommen war – machtvoller als je zuvor. *Ich bin vorhin einfach auf der Couch eingeschlafen.* Was jedoch von Anfang an nicht gepasst hatte, war die Tatsache, dass er keine Erinnerungen an etwaige Albträume oder Visionen gehabt hatte. *Ich muss Rosanna anrufen.* Der Gedanke kam ziemlich plötzlich, erschien ihm jedoch als die einzige Möglichkeit, die er jetzt hatte. *Wir müssen nach Piper suchen. Ich kann mich jetzt unmöglich ans Steuer meines Wagens setzen, das wäre gemeingefährlich.* Er nahm sein Handy daher erneut in die Hand, öffnete das Adressbuch und tippte auf Rosannas Namen. Es klingelte siebenmal, ehe sie am anderen Ende der Leitung das Gespräch annahm.

»Hallo?«

»Rosanna?«

»Austin? Schön, von dir zu hören. Ist alles okay?«

Liebend gerne hätte er ihre Frage mit Ja beantwortet, doch das wäre natürlich gelogen gewesen.

»Kannst du vorbeikommen? Es ist etwas schlimmes passiert.«

Da er das Gefühl hatte, dass es im Moment auf jede Sekunde ankam, verlor er keine Zeit mit vielen Erklärungen.

»Was ist los?«

Ihre Stimme klang verwundert, aber auch alarmiert.

»Das kann ich dir am Telefon nicht sagen. Bitte... komm so schnell du kannst hierher.«

»Ich bin schon auf dem Weg. Bis gleich.«

Rosanna beendete das Gespräch, und Austin zog sich seine Jacke an. Sollte Rosanna direkt losfahren, würde bis zu ihrer Ankunft etwa eine Viertelstunde vergehen – sofern der Verkehr das zulassen würde. Er hoffte und betete, dass sie sich nicht zu viel Zeit ließ. Er wollte an der Straße auf sie warten und verließ zunächst die Wohnung und dann schließlich auch das Haus. Eine gefühlte Ewigkeit später sah er ein Scheinwerferpaar in der vom Laternenlicht erhellten Dunkelheit auftauchen, und atmete erleichtert auf, als er bemerkte, dass dieses zu Rosannas Wagen gehörte. Sie hielt direkt vor seinen Füßen, woraufhin er die Tür öffnete, einstieg, und sich auf den Beifahrersitz fallen ließ.

»Was ist passiert?«

Austin gab ihr in kurzen Worten eine Zusammenfassung der letzten Stunden. Zumindest davon, woran er sich noch erinnerte. Und dann eröffnete er ihr seine schreckliche Vermutung.

»Deine Ehefrau hat dir K.O.-Tropfen verabreicht?«

»Ich weiß es nicht«, gestand er.

»Aber alles deutet darauf hin, oder?«

Austin nickte und Rosanna startete den Motor, den sie kurzzeitig abgeschaltet hatte.

»Ist Pipers Auto denn noch da?«

»Das müsste ich nachsehen«, murmelte Austin.

»Es stand in der Tiefgarage.«

»Dann lass uns das erstmal überprüfen.«

Rosanna steuerte die Tiefgarage an und fuhr hinein. Austin entdeckte dort einige geparkte Autos, das von Piper gehörte jedoch nicht dazu.

»Es ist weg«, sagte er tonlos, und spürte, wie seine eigenen Worte dafür sorgten, dass seine Zunge schwer wurde.

Offensichtlich war die Wirkung der K.O.-Tropfen noch immer nicht ganz verflogen.

»Wo kann sie sein?«

Rosanna stellte die Frage aller Fragen, und Austin war es unmöglich, sie in diesem Moment zu beantworten. In seinen Ohren rauschte es, sein Kopf war immer noch wie mit Watte gefüllt und er war nicht fähig, einen klaren Gedanken zu fassen, geschweige denn Rosanna ihre Frage zu beantworten. *Sie kann sich überall aufhalten, verdammt! Warum ist sie geflohen?*

Das Chaos in seinem Kopf war einfach zu groß, und seine aktuelle Verfassung machte es ihm nicht möglich, Ordnung dort hineinzubringen.

»Ich weiß es nicht. Lass uns ein bisschen durch die Stadt fahren, vielleicht entdecken wir ja etwas verdächtiges.«

Rosanna schaltete das Radio an und drehte die Lautstärke direkt etwas herunter. Als sie die Tiefgarage wieder verlassen und die Straße angesteuert hatten, murmelte sie:

»Die Stadt ist groß. Aber was hältst du davon, wenn wir erstmal in Richtung des Bahnhofs *Lemon Road* fahren? Immerhin scheint dieser Ort eine zentrale Rolle in der ganzen Geschichte zu haben. Alle Einzelteile deiner albtraumhaften Begegnungen führen irgendwann immer wieder dorthin zurück.«

»Eine gute Idee. Mit einem kleinen Umweg kommen wir auf dem Weg dorthin ja auch an der Stelle vorbei, an der ich Serenity Mason mit dem Bus angefahren habe.«

Er bekam eine Gänsehaut, als er an das verhängnisvolle Ereignis dachte, welches ihm vor knapp zwei Monaten den Boden unter den Füßen weggerissen und ihn in einen kaum enden wollenden Abgrund gezogen hatte.

»Okay, dann verfolgen wir diese Spur.«

Die Stimmung im Auto war deutlich gedrückt und angespannt. Beide fühlten, dass die Situation mehr als ernst war. Keiner von ihnen sagte ein Wort, Rosanna hielt ihren Blick fast schon zwanghaft auf die Straße fixiert, während Austin sich ab und an in jede Richtung umdrehte und versuchte, die Umgebung genauestens zu untersuchen. Er hielt Ausschau nach Anzeichen, die auf Piper hindeuteten – genauer gesagt auf ihr Auto. Der schwarze Peugeot würde im Schutz der Dunkelheit zwar nur schwer zu finden sein, doch hoffte er, dass es ihnen trotzdem gelingen würde. Es dauerte eine gefühlte Ewigkeit, bis sie das Waldstück erreicht hatten, durch das die Landstraße am Rande der Stadt führte. Sie kamen der Unfallstelle mit jedem Meter, den sie zurücklegten, immer näher, was dafür sorgte, dass Austin immer unruhiger wurde. Er versteifte sich auf dem Beifahrersitz, sein Atem ging flach und schnell bildeten sich kalte Schweißperlen auf seiner Stirn. Es gelang ihm einfach nicht, sich zu entspannen. Im Gegenteil: Je näher sie kamen, desto schlimmer wurde es.

»Du sagst Bescheid, wenn wir die Stelle erreicht haben, okay?«

Austin nickte mechanisch.

»Ja. Es ist nicht mehr weit. Da hinten. Direkt hinter den drei Bäumen.«

Rosanna verlangsamte den Wagen und hielt schließlich an. Da sich in unmittelbarer Nähe kein anderes Fahrzeug befand, stieg Austin steif und widerwillig aus und begutachtete die Stelle näher. *Ich habe diesen Ort seit dem Unfall gemieden.* Er schloss seine Augen, und versuchte, seine aufkommenden Gefühle zu ergründen, zu sortieren, doch in seinem Körper herrschte eine alles überlagernde Leere, weshalb er nicht dazu fähig war, seine Emotionen zu deuten. Als er die Augen wieder öffnete und sich näher umsah, entdeckte er ein Kreuz am Straßenrand. Er ging auf die Knie und versuchte, zu lesen, was dort geschrieben stand. *Serenity Mason.* Das Datum, welches neben ihrem Namen geschrieben stand, war das des Busunfalls – und nicht der Tag ihres Todes. Austin konnte das allerdings verstehen, ihre Angehörigen hatten vermutlich an dem Tag, an dem sie vor den Bus gefallen ist und angefahren worden war, das letzte Mal mit ihr sprechen können – denn danach hatte sie sich zunächst im Koma befunden, ehe sie ermordet worden war. Er ging auf die Knie, legte seine Hand auf das Kreuz, und versuchte, für das verstorbene Mädchen zu beten. Er hoffte, dass es ihr an dem Ort, an dem sie sich jetzt befand, besser ging. Das schlechte Gewissen, welches schleichend in ihm aufgekommen war, konnte er dabei nicht verdrängen. Rosanna blieb währenddessen geduldig im Wagen sitzen, sie hatte die Fahrspur mittlerweile jedoch verlassen und das Auto etwas abseits auf einem Feldweg geparkt. Sie stieg kurz nachdem er sich vor dem Kreuz hingehockt hatte dann doch aus, schaltete eine Taschenlampe an und hatte ihn nach einigen Schritten erreicht.

»Es ist schwer für dich, diesen Ort hier aufzusuchen, oder?«

Austin nickte. Er hatte gar nicht bemerkt, dass ihm Tränen in die Augen gestiegen waren – erst jetzt, wo er blinzelte, spürte er, dass sich dort eine Menge Wasser angesammelt hatte und sein Blick verschwommen war. Rosanna legte ihm ihre Hand auf die Schulter, und es fühlte sich für ihn gut an, nicht alleine sein zu müssen. Er vergewisserte sich kurz, untersuchte mit seinem Blick die Umgebung – doch der Wagen von Piper war hier nirgends zu sehen. Es hätte ihn auch stark gewundert, wenn seine Frau ihn ausgerechnet an diesen Ort führen würde – wobei es allerdings auch irgendwie ins Bild der nicht zusammenpassenden Puzzleteile gepasst hätte.

»Wir müssen weiter. Wer weiß, wie viel Zeit wir noch haben.«

Sie gingen wieder zurück zum Auto, und Rosanna startete den Motor. Sie ließen das Waldstück und die Landstraße hinter sich, woraufhin sie der Weg wieder tiefer ins Stadtinnere führte. Hier waren die Straßen besser beleuchtet, doch es gab eben auch viele Autos und andere Dinge, die die Suche nach Pipers Wagen erschwerten. Dazu gehörten auch die vielen, bunten Lichter der Straßenwerbung. Da sie nun allerdings immerhin ein Ziel hatten, fühlte sich die Situation zwar schlecht, aber nicht unerträglich an. Austin hoffte auf irgendein Lebenszeichen seiner Frau, doch je mehr er darüber nachdachte, desto mehr fürchtete er sich vor der direkten Konfrontation mit ihr. *Sie wird mir nicht umsonst die Tropfen verabreicht haben. Irgendetwas schlimmes ist passiert – etwas, was ihr keine andere Wahl gelassen hatte, als mich außer Gefecht zu setzen und Troy zu ermorden.* Sie verließen nun das gehobenere Viertel der Stadt, und kamen dem Bahnhof *Lemon Road* immer näher. Austin spürte ein Kribbeln in sich aufsteigen. *Hier habe ich meine ersten Nachforschungen betrieben und bin auf Sullivan Parker gestoßen – auf den Menschen, der genau dasselbe erlebt hat wie ich, allerdings siebzehn Jahre vor mir. Ich frage mich, wer von uns beiden schlimmer dran ist. Ich mit diesen Albträumen und dem ganz realen Albtraum jetzt, aber wenigstens mit Rosanna an meiner Seite, oder er, der nach seinem Absturz in die Sucht auch noch in die Obdachlosigkeit gestürzt ist, mit niemandem an seiner Seite.* Er schüttelte den Kopf, um seine Gedanken wieder auf das Hier und Jetzt zu konzentrieren, und richtete seinen Blick wieder nach vorne. Der alte Bahnhof war im Licht der Scheinwerfer bereits gut zu erkennen, der Tunnel wirkte wie ein gigantisches, schwarzes Loch, das jegliches Licht zu absorbieren schien.

Kurz, bevor Rosanna den Motor abschaltete, sagte sie plötzlich: »Dahinten steht ein Auto.«

Sie deutete auf eine dunkle Kontur in der Ferne – und Austins Magen drehte sich um, als er den schwarzen Peugeot direkt in der Nähe der Unterführung, die sich neben dem Tunnel befand, stehen sah.

22

»Das ist ihr Wagen.«

Seine Hände begannen zu zittern, als er aus dem Auto ausstieg. Das hochgewachsene Gras unter seinen Füßen war so feucht, dass er spürte, wie die eisige Nässe sofort durch sein Schuhwerk drang.

»Dann lass uns direkt mal dort hin.«

Rosanna ging voraus, und er musste sein Tempo etwas erhöhen, um ihr folgen und so im Licht der Taschenlampe bleiben zu können, die sie wieder bei sich trug. Die Umgebung war noch unheimlicher als damals in der Nacht, als Austin auf den Lokführer gestoßen war. Und so war nicht nur die Kälte daran schuld, dass er mit jedem Schritt immer mehr zu frösteln begann. Sie hielten sich parallel zum Tunnel und stapften durch das hohe Gras, welches direkt zu der Unterführung führte. Sie kamen dem Wagen immer näher, und als sie ihn schließlich erreicht hatten, warf Austin einen Blick durch die Scheiben. Erleichtert registrierte er, dass von Piper jede Spur fehlte, und er auch auf den ersten Blick nichts finden konnte, was ihm irgendwelche Anzeichen auf das gab, was sie vorhaben konnte. Der Unterführung folgte ein Hügel, der auf eine Brücke hinaufführte.

»Lass es uns mal oben versuchen. Ich hoffe, wir kommen nicht zu spät.«

Er hatte in diesem Moment ein ganz mulmiges Gefühl im Bauch und drängte sich daher auch an Rosanna vorbei an die Spitze. Obwohl er den Impuls verspürte, den Hügel schneller hinaufzusteigen, zwang er sich, sein Tempo etwas zu drosseln, da er im Radius des Lichtkegels von Rosannas Taschenlampe bleiben wollte. Das Gras war hier erneut sehr rutschig, weshalb er sich jeden Schritt vorher genauestens überlegen musste. Ein paar kraftraubende Minuten später hatten sie den Anstieg hinter sich gelassen und befanden sich in unmittelbarer Nähe der Brücke. Austin war die letzten Meter schneller geworden und wartete jetzt, bis Rosanna und der helle Lichtkegel ihrer Taschenlampe den Hügel ebenfalls erklommen hatten. Er half ihr bei ihrem letzten Schritt, ehe er sich umsah. Sie befanden sich direkt hinter einer Säule und konnten deshalb nur wenig von dem, was vor ihnen war, erkennen. Was sie aber sicher sehen konnte, war, dass sich eine Person, die einen langen, dunklen Mantel trug, direkt vor der Brüstung befand. *Das ist Piper.* Er kannte den schwarzen Mantel, und war sich sicher, ihn vorhin, bei seinem Aufbruch aus der Wohnung, nicht am Haken hängen gesehen zu haben. Er ignorierte die Tatsache, dass er sich aus der Deckung der Säule entfernte, und trat rasch der Person im Mantel entgegen.

»Piper?«

Er merkte, wie seine Stimme zitterte, und versuchte, sich zu beruhigen. Er war unsicher, was er sonst noch sagen sollte. Jedes falsche Wort konnte vielleicht zu einer Eskalation führen. *Ich weiß ja gar nicht, aus welchem Grund sie hier ist. Aus welchem Grund sie sich mir nicht anvertraut hat. Hat sie mir wirklich die K.O.-Tropfen gegeben? Hat sie vielleicht Troy umgebracht? Oder hat sie vielleicht viel mehr mit meinem albtraumhaften Wahnsinn zu tun?* Er konnte sich nicht mehr sicher sein. Mit nichts mehr. Einen Moment lang schien sie ihn gar nicht gehört zu haben. Doch dann drehte sie sich ruckartig um. In ihrem Gesicht stand die blanke Panik.

»Nein. Austin, bitte... tu mir nichts an!«

Aus ihrer Stimme war zu hören, dass sie Angst hatte – Austin konnte sich jedoch nicht erklären, warum. Außer ihnen beiden, dem halb ausgeleuchteten Tunnel und Rosanna hinter der Säule, war nichts zu sehen. Er wagte sich daher noch ein paar Schritte näher an sie heran, bis sie sagte:

»Stopp! Keinen Schritt weiter!«

Er hielt inne und blieb stehen.

»Was ist los, Piper?«

Er hoffte, dass seine Frau ihm noch eine Erklärung für ihre Angst liefern oder er in der Nähe etwas erkennen würde, was sie so in Panik versetzte. Doch er sah keinen Grund, warum er nicht näher auf sie zugehen sollte. Anstelle ihm eine Erklärung zu geben, schrie sie ihn an.

»Lass mich!«

Ihr Schrei drang ihm bis tief ins Mark hinein.

»Du darfst mich nicht auch noch töten, wie du es bei Troy bereits getan hast! Bitte, Austin!«

Ihre Worte sorgten dafür, dass sich in seinem Inneren eine Kälte ausbreitete, die er in dieser Form noch nie zuvor erlebt hatte. Selbst der Unfall und alles, was danach passiert war, war im Gegensatz dazu absolut harmlos gewesen.

»Über was redest du da bitte?«, fragte er tonlos.

»Über was soll ich denn reden, verdammt?«, schrie sie, und ihre Stimme überschlug sich nun.

Ihr Gesicht war zu einer panischen Grimasse mit weit offenen Augen verzerrt. Er konnte sich ihre Reaktion immer noch nicht so wirklich erklären. *Habe ich wirklich Troy umgebracht? Daran müsste ich mich aber doch erinnern, verdammt.* Während er fieberhaft versuchte, sich die passenden Worte zurechtzulegen, um sie zu beruhigen und zu versichern, dass keine Gefahr von ihm ausging, fiel ihm wieder ein, worauf er im Flur gestoßen war.

»Ich habe die K.O.-Tropfen gefunden, Piper.«

Seine Stimme klang nun leiser, fast sanft aber unterschwellig schlich sich eine eisige Kälte dazu. Er ergründete ihren Gesichtsausdruck, der sich nur unmerklich nach seinen Worten veränderte. Sie ließ ihre Hände unauffällig über die Taschen ihres Mantels fahren, und ihre Augen rissen weit auf, als sie realisierte, dass dort etwas fehlte.

»Wie...?«, stammelte sie, woraufhin Austin ihr ins Wort fuhr.

»Du hast sie im Flur verloren, ich habe die Ampulle unter der Kommode gefunden.«

In ihrem Gesicht wechselte plötzlich der Ausdruck von Todesangst zu Panik und Verzweiflung. *Sie ist krank*, dachte Austin, und trat vorsichtig, aber wohlüberlegt, einen weiteren Schritt auf sie zu. Er befand sich jetzt nur noch wenige Zentimeter von ihr entfernt. Rosanna war mittlerweile hinter der Säule hervorgetreten und er konnte sie nun unmittelbar hinter sich spüren.

»Du musst mir bitte verraten, was passiert ist«, sprach er mit besänftigender Stimme weiter.

Piper senkte ihren Blick und vergrub ihr Gesicht in den Händen. Sie fing auf einmal an, hemmungslos zu weinen, verlor dabei sogar das Gleichgewicht und fiel zu Boden. Austin hockte sich neben sie auf den Boden und sah hilflos dabei zu, wie sie sich von Sinnen wimmernd und schluchzend wie ein Säugling auf dem Boden zusammenkrümmte und gar nicht mehr wirklich bei sich war. Rosanna war neben ihnen ebenfalls auf die Knie gegangen, und legte Piper eine Hand auf die Schulter. So verharrten sie eine gefühlte Ewigkeit und die Kälte begann Austin bereits über die Beine in den restlichen Körper zu kriechen. Piper schluchzte immer seltener auf und murmelte dann:

»Ich bin schuld.«

Und nach einem kurzen, weiteren Schluchzen: »An allem.«

»Was ist passiert?«

Piper schluchzte noch einmal und hob dann ihren Blick. Im Schein der Taschenlampe spiegelten sich die Tränen, die ihr noch immer in den Augen standen. Sie brauchte noch einen weiteren Moment, bis sie sich wieder ganz unter Kontrolle hatte, und meinte dann gepresst:

»Okay, ich erzähle es euch – jetzt ist es sowieso zu spät.«

Sie schluckte, verkrampfte ihre Finger und presste ihre Faust auf den Boden, als ob ihr dies dabei helfen würde, ihre innere Anspannung zu lösen und zu kanalisieren. Es ging ein Ruck durch ihren Körper, ein deutliches Straffen der Schultern und ein paar Sekunden später begann sie mit ihrer Erzählung – und Austin war sich sicher, dass er noch nie zuvor etwas gehört hatte, was ihn dermaßen emotional aus der Bahn geworfen hatte. Was er und Rosanna zu hören bekamen, ließ beide vor Angst erschaudern. Gleichzeitig kamen sie sich vor wie Voyeure, die eine makabere Faszination empfanden, als sie Pipers Ausführungen lauschten. Austin registrierte mit Schrecken, dass seine Frau in den nächsten Minuten teils sachlich und emotionslos, teils verbittert und hasserfüllt ihre Geschichte vortrug.

23

»Es geschah an einem warmen Sommertag vor mittlerweile siebzehn Jahren. Gemeinsam mit meiner Freundin Eva habe ich den Tag in der Stadt ausklingen lassen. Eva war zu dem Zeitpunkt im neunten Monat schwanger, weshalb wir nicht mehr das machen konnten, was wir früher fast jedes Wochenende gemacht hatten – feiern bis zum Morgengrauen. Wir haben uns an besagtem Tag also damit zufriedengegeben, durch die Läden der Stadt zu stöbern – Eva hat einiges an Babykleidung gekauft, während ich ihr dabei zusah und überlegte, zu welchen spannenderen ich sie noch überreden konnte. Aufgrund einer Streckensperrung mussten wir einen Umweg mit der Bahn fahren, der uns durch den Bahnhof *Lemon Road* führte. Dieser war zuvor aufgrund von Sanierungen eine lange Zeit gesperrt gewesen. Wir waren der erste Personenzug, der die neue Strecke passiert hat, und der es dann durch die schlampigen Sanierungsarbeiten mit dem Zugunglück in die Nachrichten geschafft hat. Wir wurden dabei, im Gegensatz zu anderen Fahrgästen zum Glück nicht schlimm verletzt. Doch wir hatten dafür ein anderes Problem: Bei Eva setzten plötzlich die Wehen ein. Niemand konnte uns helfen. Also musste ich versuchen, sie bei der Geburt zu unterstützen. Ich war vollkommen überfordert und habe versagt. Eva brachte zwar mit meiner Hilfe ihre Tochter Serenity zur Welt, doch aufgrund fehlender, ärztlicher Hilfe und weil sie nicht aufgehört hat zu bluten, hat sie es nicht geschafft und verstarb in meinen Armen.«

Piper stockte kurz und schien mit leerem Blick einen Punkt auf dem Boden vor ihr zu suchen. Sie schluckte kurz und sprach weiter.

»Ihre Tochter hingegen überlebte, ich brachte das Kind ins Krankenhaus, fuhr bci Evas Freund vorbei und teilte ihm die schrecklichen Nachrichten mit. Ich schwor mir, den Kontakt zu beiden endgültig abzubrechen, da ich es sonst nie schaffen würde, über den Tod meiner damaligen besten Freundin hinwegzukommen. Es hat viele Jahre gedauert, bis ich es schließlich geschafft hatte nicht mehr an sie zu denken oder schreiend und schweißüberströmt nachts aus einem Albtraum zu erwachen. In der Zeit lernten wir beide, Austin, uns dann kennen, und meine Welt schien plötzlich wieder in Ordnung zu sein. Ich fühlte mich das erste Mal seit Jahren wieder glücklich und aus meinem Kopf war alles Negative verschwunden. Mir ging es gut und auch die Albträume waren vorbei.«

Piper lächelte schwach, doch ihr Blick begann sich daraufhin recht schnell wieder zu verfinstern.

»Dann jedoch begann es irgendwann, in unserer Ehe zu kriseln. Etwa zeitgleich hat mich Serenity aufgesucht. Ihr Vater hatte, sechzehn Jahre nach dem Unglück, seiner Tochter endlich verraten, wie ihre Mutter ums Leben gekommen war – und hatte mich dabei natürlich auch erwähnt. Als ich dann dem Mädchen ins Gesicht blickte, brach der Schmerz und der ganze Horror dieses Tages, den ich dachte, längst überwunden zu haben, wieder über mich herein. Die Wunden, die der Tod von Eva mir damals zugefügt hatte, und die mit der Zeit verheilt gewesen waren, brachen wieder auf, und quälten mich schlimmer denn je. Sie sah ihrer Mutter einfach wie aus dem Gesicht geschnitten ähnlich. Sie hatte dieselben, ausdrucksstarken Augen, trug ihre Haare offen und hatte das gewisse Etwas in ihrem Gesicht, was jedem angenehm auffiel. Ich dachte, dass ich ihr bei unserem

162

ersten Treffen unmissverständlich klargemacht habe, dass ich nichts mit ihr zu tun haben möchte. Doch sie ließ nicht locker und suchte mich immer wieder auf. Ihr Anblick sorgte jedes Mal dafür, dass ich in ein tiefes Loch fiel. Ich durchlebte jedes Mal erneut den Verlust meiner besten Freundin. Jeden Tag und jede Nacht aufs Neue. Ich dachte, ich drehe bald durch, wenn ich nicht irgendetwas tue! Also fasste ich einen Entschluss: Ich muss sie beseitigen, sonst hört es nie auf. Da es zwischen uns beiden Woche für Woche immer schlechter lief, hatte ich eine Idee, wie ich die beiden Dinge, die mich im Leben am meisten belastet hatten, mit einer geschickten Aktion gleichzeitig beseitigen konnte. Dieses Mädchen wollte ich nicht in meinem Leben haben und dich, Austin, wollte ich wieder so zurück haben, wie du es am Anfang unserer Ehe warst.«

Piper sah Austin an und er erschauderte, als er das kurze, irrsinnige Flackern in ihren Augen sah.

»Ich habe mich mit Serenity an der Landstraße getroffen, mit dem Wissen, dass du dort mit dem Bus vorbeikommen würdest. Ich drängte sie während unseres Gesprächs, in dem sie sich wieder mal stur und uneinsichtig zeigte, immer näher an die Straße heran – und schubste sie schließlich auf die Fahrbahn, als ich den Bus sah. Sie wurde in einem perfekten Winkel von dir getroffen.«

Als Piper dies sagte, blitzten ihre Augen triumphierend auf. Direkt danach schlug ihr Blick allerdings um, und es zeigte sich eine tiefe Traurigkeit.

»Mein Plan war, dass sie bei dem Unfall sterben sollte – was am Ende jedoch leider nicht passierte. Zudem hatte ich die Hoffnung, dass uns dieser schwere Schicksalsschlag wieder näher zusammenbringen und uns noch fester als zuvor zusammenschweißen würde. Ich wollte dir in der Krise ganz besonders gut beistehen, und hoffte, dass so unsere Liebe füreinander neu entfacht wird. Du bist mir doch wichtig, Austin, und ich hätte es einfach nicht verkraftet, wenn du einen Schlussstrich unter unsere Beziehung gezogen hättest.«

Schon wieder dieses irre Augenflackern! Austin schauderte.

»Das Ganze ist dann allerdings etwas aus dem Ruder gelaufen«, bedauerte Piper, »als du dich psychisch so fertig gemacht hast und auch noch angefangen hast, unbedingt mit dem Mädchen sprechen zu wollen. Das musste ich irgendwie verhindern. Ich hatte nicht damit gerechnet, dass sie aus dem Koma erwacht.«

Bedauernd zuckte Piper mit den Schultern.

»Aber als das schließlich geschehen war, sah ich mich verpflichtet, zu handeln. Ich suchte mir ein zufälliges Opfer aus, dass als Täter für Serenitys Mord herhalten sollte. Ich wählte Edgar Reed, der in unmittelbarer Nähe des Krankenhauses wohnte und ließ es wie einen Selbstmord aussehen. Mithilfe von Gummihandschuhen habe ich seine Fingerabdrücke aufgenommen, um diese am Tatort zu verteilen. Da das Zimmer von Serenity im Erdgeschoss des *Sinclair Medical* lag, hatte ich keine Probleme, einzusteigen. Ich habe nicht lange nachdenken müssen. Es war klar, dass sie nach deinen Nachforschungen, und da du ja auch noch Unterstützung durch die da bekommen hast…«

Piper zeigte angewidert auf Rosanna.

»…durfte Serenity einfach nicht weiterleben. Darum habe ich ihr die Kehle durchgeschnitten. Die nächsten Tage habe ich versucht, dich wieder mehr an mich zu binden, unsere Liebe aufleben zu lassen. Aber du warst ja immer wieder mit deinen Nachforschungen beschäftigt. Und immer wieder mit ihr.«

164

Abermals sah Austin, wie seine ihm immer fremder werdende Frau auf Rosanna deutete.

»Als du dann in der Psychiatrie warst, habe ich versucht, mein Leben wieder in den Griff zu bekommen. Du warst schnell auf dem Weg der Besserung, hattest deine Schlaflosigkeit überwunden, was mich ehrlich gefreut hatte, und endlich war ich wieder die wichtigste Frau in deinem Leben. Ich wollte dich niemals leiden sehen, das musst du verstehen – denn ich liebe dich mehr als alles andere auf der Welt.«

Piper ging mit offenen Armen einige Schritte auf ihn zu. Dann erstarrte sie und ihr ganzer Körper fiel in sich zusammen um eine raubtierhafte, lauernde Haltung einzunehmen.

»Als wir uns dann heute Vormittag mit Troy getroffen hatten, hat er mich in der Küche gefragt, warum ich dir für die Nacht, in der Serenity Mason ermordet worden war, kein Alibi geben konnte – noch dazu war er unglücklicherweise im Badezimmer auf die K.O.-Tropfen gestoßen, die ich unbedacht dort auf dem Waschbecken liegengelassen hatte.«

Sie machte eine entschuldige Geste.

»Ich hatte in dem Moment einfach keine andere Wahl, als ihn zu töten. Und... nun, ich wollte das alles für dich so aussehen lassen, als wäre dies dein Werk gewesen – allerdings wollte ich dir nicht schaden. Aber ich durfte mich auch nicht selbst belasten. Ich musste dir also weiterhin vormachen, dass mit deiner Psyche etwas nicht stimmt, wenn ich aus der Nummer herauskommen wollte. Das Ganze hat funktioniert, bis du mich eben auf die K.O.-Tropfen angesprochen hattest – wie dämlich muss ich bitte gewesen sein, um diese einfach während der Flucht aus unserer Wohnung zu verlieren? Ich könnte mich dafür wirklich in den Allerwertesten beißen. Ich wusste, dass du hierhin kommen würdest. Und ich ahnte, dass du nicht allein sein wirst. Also habe ich hier auf euch gewartet.«

Austin konnte nicht glauben, was er gehört hatte. Die Worte, die Piper gesprochen hatte, vermischten sich in seinem Kopf zu einem undurchsichtigen Gewirr.
»Das hast du mir wirklich alles angetan?«
Bleich und fassungslos startete er die Frau, die er mal geliebt hatte, an.
»Ja. Ich wollte dir damit aber zu keinem Zeitpunkt schaden. Ich liebe dich doch!«
Ihre Worte klangen hohl in seinen Ohren. *Oh mein Gott! Sie meint das ernst. Sie braucht wirklich psychologische Hilfe, da sie ihr Trauma von damals nicht überwunden hat.* Er sah sich kurz zu Rosanna um, die noch immer in der Nähe der Säule stand und den Platz zwischen Piper und ihm beleuchtete. Nur durch ihre Anwesenheit bot sie ihm einen kleinen Funken Sicherheit in dem emotionalen Abwärtsstrudel.
»Das hat nichts mit Liebe zu tun.«
Austin kam es vor, als würde er sich selbst dabei beobachten, wie er diese Worte seiner Frau kalt und emotionslos entgegenschleuderte. Es dauerte ein paar Sekunden, bis Piper darauf reagierte. Sie hob ihren Kopf und sah ihn an. Die Schicht aus Make-up, welche sie am Morgen aufgetragen hatte, war bereits vollständig zerlaufen.
»Doch! Du musst mich verstehen!«
Irgendetwas im Klang ihrer Stimme hatte sich verändert, doch Austin konnte genau greifen, was es war. Er spürte, wie sich Rosanna von hinten näherte. Er hatte sie in den vergangenen Minuten, während Pipers erschreckendem Geständnis, fast ver-

166

gessen. Nur der Lichtkegel, der nahezu regungslos auf die Stelle zwischen ihm und seiner Frau gerichtet blieb, gab ihm das Gefühl, dass sie dort noch immer stand, wo er sie verlassen hatte. Jetzt spürte er sie so nah, dass sich seine feinen Nackenhaare aufstellten.

»Wir müssen sie noch eine Weile festhalten. Die Polizei ist bereits unterwegs.«

Sie flüsterte ihm die Worte ins Ohr, sprach dabei jedoch etwas zu laut – so, dass Piper, die sich noch immer direkt vor ihm befand, hören konnte, was sie sagte.

»Du hast die Polizei gerufen?«

Der Ausdruck in ihrem Gesicht verwandelte sich und wirkte plötzlich sehr bedrohlich. Mit zusammengezogenen Brauen und einem stechenden Blick, der Austin frösteln ließ, fuhr sie wie in Zeitlupe mit ihren Händen über ihre Manteltaschen und zog einen kleinkalibrigen Revolver daraus hervor. Ein leises, kaum merkliches wahnsinniges Flackern blitzte in ihren Augen auf und war auch genauso schnell wieder verschwunden.

»Ihr beide bewegt euch jetzt keinen verdammten Millimeter von der Stelle.«

Austin spürte, wie ihm der Schock in die Glieder fuhr. Sein Körper war wie eingefroren. Selbst sein Herz schien nur noch durch Willenskraft seine Arbeit verrichten zu wollen. Ihr Gesichtsausdruck verriet ihm, dass nur eine kleine, unbedachte Bewegung oder Äußerung den entscheidenden Millimeter am Abzug ihres Revolvers ausmachte. In Pipers Augen loderte mittlerweile der pure Wahnsinn. Sie fuchtelte mit dem Revolver herum und richtete die Mündung in die Richtung von Austin und Rosanna.

»Du beschissene Schlampe«, spuckte sie Rosanna entgegen.

»Erst spannst du mir meinen Ehemann aus, und dann möchtest

du mir auch noch einen Strick daraus drehen? Dafür hast du dich eindeutig mit der Falschen angelegt.«

Am meisten Angst bereitete Austin, dass er seine Ehefrau in diesem Moment ihrer vollständigen Entgleisung nicht wiedererkannte. Die vielen Jahre, die sie gemeinsam verbracht hatten, die Erinnerungen, die sie miteinander teilten – all das hatte sich in Schall und Rauch aufgelöst. Ja, er war sich sicher, dass er vor sich eine fremde Frau sah, eine Frau, die mit ihrem Leben abgeschlossen hatte und an deren Händen eine Menge Blut klebte. Mit dem Revolver in der Hand war sie nicht nur unberechenbar, sondern noch dazu gefährlich, und es fiel ihm in diesem Moment partout nichts ein, wodurch er eine Verbesserung der Situation herbeiführen können würde.

»Piper«, versuchte es Austin nun, da er merkte, dass Rosanna auf ihre Bemerkung nicht ansprang.

»Du musst bitte jetzt erstmal die Waffe runternehmen. Vorher ist es nicht möglich, eine vernünftige Diskussion zu führen.«

Er wusste nicht, woher er in diesem Moment die Kraft nahm, diese Worte zu sprechen. Irgendwie fühlte es sich für ihn so an, als wäre er ferngesteuert – er lief auf Reserve, sein Körper hatte in Anbetracht der gefährlichen Lage den Notbetrieb eingestellt. Für einen Moment sah es so aus, als würde sich Piper seine Worte wirklich zu Herzen nehmen. Er konnte förmlich sehen, wie es hinter ihrer Schädeldecke ratterte, ehe sie tatsächlich die Mündung senkte. Ihre Stimmung schien sich von der einen auf die andere Sekunde erneut drastisch verändert zu haben, sie zeigte sich nun eher von ihrer verletzlichen Seite.

»Ich habe alles verloren.«

Aus ihrer Stimme war eindeutig herauszuhören, dass ihr Tränen in den Augen standen.

»Nein, das hast du nicht. Wir haben doch immer noch uns.«

Austin wusste nicht, was ihn dazu verleitete, diese Worte auszusprechen. Er tat es vermutlich aus reiner Intuition, und hoffte so, das ganze Gespräch wieder in ein sicheres Fahrwasser zu leiten.

»Ich möchte dir nicht weiter zur Last fallen. Es tut mir leid. Ich hoffe, du wirst irgendwann dazu in der Lage sein, mir zu verzeihen.«

Während aus der Ferne bereits das dumpfe Martinshorn eines sich nähernden Polizeiwagens zu hören war, hob Piper erneut die Waffe an, richtete sie auf sich selbst – und betätigte den Abzug.

24

Die Welt um Austin herum wurde von der einen auf die andere Sekunde in einen blutroten Film getaucht. Alles, was folgte, spielte sich für einen Moment lang nur noch in Zeitlupe ab. Austin realisierte nur noch, wie er zu Boden sank, und sich sein Sichtfeld verdunkelte. Erst, als Rosanna ihm wieder auf die Beine geholfen und der Polizeiwagen die Brücke erreicht hatte, war er wieder zu sich gekommen.

»Sind Sie verletzt?«

Er hörte eine bekannte Stimme, und als er sich umdrehte, sah er, dass sie zu Officer Zimmerman gehörte.

»Nein, ich denke nicht.«

Tränen stiegen in seine Augen und ein Kloß machte sich in seinem Hals breit, als er Pipers toten Körper nahe der Brüstung sah.

»Können Sie mir erzählen, was hier soeben passiert ist?«

Rosanna nickte und nahm sich dem Ganzen an, was Austin enorm erleichterte. Er hätte es aus mehreren Gründen in diesem Moment nicht geschafft, die Geschehnisse von vor wenigen Sekunden zu rekapitulieren. Stattdessen nahm er die Hilfe einer Polizistin an, die ihn in Richtung ihres Dienstwagens führte.

Wir hätten sie nicht suchen sollen. Vielleicht hätte das alles dann ein gutes Ende genommen. Die Schuldgefühle, die sich jetzt, wo das Adrenalin langsam abgeebbt war, in seinem Inneren breitmachten, waren so immens, dass sie ihn zu erdrücken schienen. *Piper hat mehreren Menschen, einschließlich sich selbst, das Leben genommen. Ohne das, was sie in der verhängnisvollen Nacht getan hatte, wäre ich nie in derartige Schwie-*

170

rigkeiten gelangt. Er konnte seiner Frau dafür jedoch keinen Vorwurf machen. *Ich werde dir verzeihen. Zwar noch nicht jetzt, aber mit Sicherheit irgendwann in den nächsten Jahren.* Er versuchte gar nicht erst, diesen Gedanken noch weiter zu vertiefen, da ihn das einfach sowohl physisch als auch psychisch zerstörte. Erst, als Rosanna direkt neben dem Polizeiwagen auftauchte und in einen Dialog mit der Polizistin trat, gelang es ihm, wieder in die Realität zurückzukehren. Es gab so viel, was er ihr zu sagen hatte – und auch im Licht der jüngsten Ereignisse war er ihr einfach nur dankbar dafür, dass sie ihn in den vergangenen Tagen begleitet und ihm so enorm geholfen hatte.

Epilog

Während direkt neben ihm das Fleisch auf dem Grillrost zu brutzeln begann und eine Rauchwolke in Richtung Himmel aufstieg, lehnte Austin sich zurück und schloss die Augen. Die warmen Sonnenstrahlen, die durch das gläserne Dach der Terrasse drangen, sorgten dafür, dass er für einen Moment alle Sorgen vergessen konnte.

»Möchtest du noch etwas trinken?«

Die Stimme von Rosanna drang zu ihm hervor und holte ihn wieder in die Realität zurück.

»Ja, ich nehme gerne noch ein kühles Bier. Damit lassen sich unsere Pläne gleich viel besser besprechen.«

»Das kannst du laut sagen«, meinte Sullivan Parker, der sich ebenfalls an Rosannas Terrassentisch befand – genau wie Andrea.

Sie hatten das Treffen am heutigen Tage von langer Hand geplant gehabt. Der Abend, an dem sich Piper das Leben genommen hatte und an dem Austin alle möglichen Gefühlswelten durchlebt hatte, lag nun etwa sechs Wochen zurück. In der Zwischenzeit war so einiges passiert, und er war dankbar dafür, dass der Kontakt zu Rosanna und Andrea nie gänzlich abgerissen war. Ganz im Gegenteil, sie hatten sich mehrmals getroffen und waren am Ende gemeinsam zu der Idee gekommen, dass es eine gute Möglichkeit gab, das Geschehene zusammen zu verarbeiten. Daraufhin war es ihnen sogar gelungen, Sullivan Parker von ihrem Plan zu überzeugen. Sie hatten den Mann, der vor mehr als siebzehn Jahren den verunfallten Zug gesteuert hatte, am Bahnhof *Lemon Road* aufgelesen. Der ehemalige Lokführer war sofort davon begeistert gewesen und hatte sich dazu bereiterklärt, bei dem Projekt, welches sie heute das erste Mal gemeinsam besprechen wollten, mitzuwirken. Rosanna hatte bereits wenige Sekunden später das Bier an den Tisch gebracht und sich auf dem Stuhl neben dem Grill niedergelassen. Während sie das Grillgut im Auge behielt, begann sie, loszureden.

»Andrea, ich muss wirklich sagen, dass deine Idee eine verdammt gute war. Wir haben in den vergangenen Wochen viel überlegt, und ich denke, dass wir zumindest den richtigen Ansatz verfolgen.«

»Danke, Rose. Jetzt müssen wir nur noch ein gemeinsames Konzept für die Selbsthilfegruppe ausarbeiten, damit es uns gelingt, Menschen, die ein ähnliches Schicksal wie Austin und Sullivan teilen, zu helfen.«

Austin nickte und übernahm das Wort.

»Als Rosanna mir die Idee nähergebracht hat, habe ich ohne zu überlegen eingewilligt. Es waren zwar nur wenige Tage, an denen ich unter der schlimmsten Foltermethode der heutigen Zeit gelitten hatte, doch es hat auf jeden Fall gereicht.«

»Das geht mir ganz genau so«, murmelte Sullivan, und strich sich über sein rasiertes Gesicht.

Es erfreute Austin, zu sehen, dass es dem Mann gelungen war, der Obdachlosigkeit zu entkommen. Er hatte professionelle Hilfe in Anspruch genommen und befand sich nun auf dem richtigen Weg, was man auch an seinem Gesicht sehen konnte. Er wirkte nicht nur um einiges zufriedener, sondern auch um viele Jahre jünger als zuvor, was an seinem ungepflegten Aussehen und seinem Bart gelegen hatte. Von diesen Dingen hatte er sich nun endgültig verabschiedet und den Sprung ins neue Leben geschafft.

»Auch, wenn ich ansonsten eher negativ gestimmt gewesen war, bin ich froh, dass ich das damals überstanden habe. Es kann allerdings nicht der richtige Weg sein, sich mit Tabletten in einen lebensgefährlichen Zustand zu bringen. So gesehen haben wir beide auch enormes Glück gehabt.«

Austin konnte dem Mann nur zustimmen, und nickte deswegen.

»Jetzt haben wir den gesamten Abend dafür Zeit, alles zu besprechen. Erstmal frage ich euch allerdings: wer hat Hunger auf ein Stück Fleisch?«

Kurze Zeit später hatten sie sich bereits die Teller vollgeschlagen. Während Austin sich einen zweiten Löffel Kartoffelsalat auffüllte, spürte er erneut, wie seine Gedanken in eine andere Richtung abdrifteten. Der Verlust von Piper tat noch immer enorm weh, doch er war sich sicher, dass die Wunde im Laufe der Zeit verheilen würde. *Noch dazu bin ich nicht alleine und werde dafür sorgen, dass andere Menschen nicht in ein solch furchtbares Loch fallen werden.* Ja, sein Leben befand sich gewiss in keinem optimalen Zustand, doch er war auf bestem Wege, es zumindest in eine Richtung zu lenken, die ihn auf eine besondere Art und Weise inneren Frieden schenken würde.

ENDE

ALLE BÜCHER DES AUTOREN

mit Kommentaren des Autors

SPURLOS

2005: Lewis, Janet, Jeff und Liz erhoffen sich ein Abenteuer, ein Wanderurlaub in den Bergen – genau nach ihrem Geschmack. Trotz einiger beängstigender Vorkommnisse während der Fahrt in die Berge entscheiden sie sich, zu bleiben. Als sie allerdings auf die Rucksäcke einer verschollenen Wandergruppe stoßen und nach und nach mysteriöse Anzeichen auf deren Verbleib finden, beginnt ein Albtraum, aus dem es kein Entrinnen zu geben scheint...

1995: Idyllische, weite Wälder und glasklare Seen. Nichts anderes wollen Marcel, Inge, Matthias, Gudrun, Alexander und Ralf, als sie sich dazu entscheiden, einen Urlaub in den Bergwäldern zu machen.

Doch dann verliert sich jede Spur von ihnen...

„Spurlos ist schon ein besonderes Werk, da die Geschichte aus vielen verschiedenen Perspektiven erzählt wird. Der rote Faden führt den Leser immer wieder durch den Wald hindurch – und die Atmosphäre, gerade in der Lagune mit dem Wasserfall, ist einfach atemberaubend."

DAS GEISTERHAUS

Die vier Jugendlichen Marc, Blake, Jay und David wagen gemeinsam mit dem Einsiedler Joseph, Jays Bruder Danny und seinem Freund Neal einen Ausflug zu einem „Geisterhaus", um das sich zahlreiche Mythen ranken. Doch als sie eines nachts das Haus betreten, beginnt ein Albtraum, der nie zu enden scheint. Denn das Haus lebt. Und es sucht sich seine Opfer...

„Das Geisterhaus befindet sich tief im Wald und ist Quelle allen Übels, der sich in der Gegend abspielt. Was sich wirklich im Inneren abspielt, ist und bleibt vermutlich ein Geheimnis, auch, wenn Teile von ebenjenem Geheimnis beim Lesen des Buches gelüftet werden."

LAGER DER FINSTERNIS

Zehn Personen wachen in einer verlassenen Lagerhalle auf. Zunächst können sie sich nicht erklären, wie sie dort hingelangt sind. Doch als ein Teil der Gruppe auf ein System unterirdischer Gänge stößt, entfesseln sie ein Grauen, das die Grenzen jeglicher Vorstellungskräfte überschreitet.

„Im Lager der Finsternis geschehen Dinge, die sich nicht erklären lassen. Auch hier ist das bekannte Waldstück wieder die omnipräsente Gegend, in die der Leser eintauchen und sich heimisch fühlen können – auch, wenn es eben eine sehr gefährliche Gegend ist."

AUF DÄMONENJAGD IM LAGER DER FINSTERNIS

Die Dämonenjäger Marcus Young und William Collister verbringen eine Nacht in der Lagerhalle, in der sich vor kurzer Zeit erst schreckliche Dinge zugetragen haben. Sie installieren eine Kamera, um die paranormalen Geschehnisse per Video zu dokumentieren. Als Marcus in einem der Räume auf eine apathisch wirkende Frau stößt und wenig später verschwunden ist, begibt sich William auf die Suche nach ihm. Die deutlichste Spur führt tief in den Wald…
Währenddessen läuft die Kamera. Und zeichnet schreckliche Dinge auf…

„Auf Dämonenjagd im Lager der Finsternis ist zwar recht kurz, hat aber dennoch eine intensive Story, in der ich zum Beispiel das erste und einzige Mal eine laufende Kameraaufnahme beschrieben habe. Durch diese sollte es sich so anfühlen, als würde man selbst vor der Kamera stehen und einen Blick auf das Display werfen. Ob das nun wirklich gelungen ist, kann nur der Leser beurteilen."

ARIZONA SPLASH

Bei der Eröffnungsfeier des *Arizona Splash*, einem riesigen Schwimmbad mit Außenpools, Saunas und Rutschen, werden zwei junge Leute entführt. Ihnen steht eine Nacht des Grauens bevor: im Inneren des Schwimmbades müssen sie sich nicht nur mit ihren sadistischen Peinigern auseinandersetzen, sondern auch mit einer Gefahr, die aus den Tiefen eines geheimen Kellerganges zu kommen scheint.

Je tiefer Officer Charles Reinhart in den Fall vordringt, desto verwobener wird das Spinnennetz des Grauens. Die Killer schrecken offenbar vor nichts zurück – und richten ein Blutbad ungeahnten Ausmaßes an...

„Das Schwimmbad war definitiv ein sehr interessanter und auch neuer Handlungsort. Dort, wo Familien und Freunde miteinander Spaß haben, befinden sich tiefe Abgründe. Die Atmosphäre hier hat einfach nur Spaß gemacht."

WILLKOMMEN IN KINMARK

Kurz vor Dienstschluss wird Officer Gilbert Smith zu einem Einsatz gerufen: der Fahrer einer Dodge Viper befindet sich nach einem Unfall auf der Flucht. Eine Verfolgungsjagd und ein darauffolgender Unfall führen den Officer über den Highway tief in die Solven-Hills und das beschauliche Dorf Kinmark. Je tiefer er in die Geheimnisse des Ortes vordringt, desto deutlicher wird ihm, dass er sich in einer tödlichen Falle befindet, aus der es kein Entrinnen zu geben scheint...

„Bei Willkommen in Kinmark steht die Idylle im Vordergrund. Malerische Landschaften, ein abgelegenes Bergdorf – was kann es Schöneres geben? Nun ja, so einiges..."

CAMP SEASIDES MÜHLENSCHATZ

Die vier Freunde Jaxon, Natalia, Maxwell und Laura freuen sich auf einen mehrtägigen Campingurlaub auf dem Gelände des *Camp Seaside*, einem Platz mit einem Badesee und einer alten Getreidemühle. Bei einem Rundgang im Wald entdecken sie einen Brief, der ihnen einen Schatz in den Tiefen der Mühle verspricht. Sie lassen sich auf die Suche ein - und beginnen damit ein Spiel, bei dem eine Menge Blut fließen wird. Denn im Inneren der Mühle lebt der Tod. Und er fordert seinen Tribut...

„Sommer, Sonne, Campingplatz! Direkt in der Nähe einer alten Mühle befindet sich das Camp Seaside. Viele Schauplätze an diesem Ort sind inspiriert durch meine Kindheit, in der die Wochenenden eben auch auf einem Campingplatz verbracht wurden. Eine Mühle gab es da zum Glück allerdings nicht."

FENNERLEYS GRAUEN

Aus dem einst belebten Dorf Fennerley verschwanden vom einen auf den anderen Tag alle Einwohner spurlos. Ein sechsköpfiges Forschungsteam macht sich daran, den Begebenheiten auf den Grund zu gehen. Die Suche gestaltet sich als sehr schwierig – bis dem Team ein Durchbruch gelingt, der jedoch schwerwiegende Folgen zu haben scheint…

„Fennerleys Grauen besteht aus zwei großen Teilen. Der Klappentext verrät allerdings nur einen, nämlich den letzten – wobei der erste, der auf dem Eisbrecher „Starsun" spielt, tatsächlich auch sehr interessant ist. Die Atmosphäre innerhalb der Geschichte ist ziemlich düster, ja, zeitweise sogar bedrückend. Man spürt nahezu am eigenen Leib, wie sich die Charaktere vor Ort fühlen."

DAS AUGE DER VERDAMMNIS

Die Gewinner eines Casino-Gewinnspiels, unter ihnen auch die achtundzwanzigjährige Gabrielle Linden, treffen sich zu einer exquisiten Party in der noblen Baker-Villa, die einen besonderen Ruf in der Gegend hat. Doch der Abend verläuft anders als geplant – denn tief im Inneren des Anwesens befindet sich das Auge der Verdammnis. Für Gabrielle beginnt ein Wettlauf gegen die Zeit, und schon bald ist das Seil zwischen Realität und Wahnvorstellung zum Zerreißen gespannt…

Was gibt es schöneres, als eine alte Villa? Es gibt nicht viele Schauplätze, die für eine spannende Geschichte so maßgeschneidert sind. Zudem ist während der Story etwas ganz Besonderes passiert – ich habe den Fortgang der Geschichte in

Teilen geträumt. Dass ich danach das Licht anschalten musste,
um weiterschlafen zu können, spricht glaube ich für das Buch. "

MA'AHKHALO – DIE INSEL DER MYSTERIEN

Sommer, Sonne, Strand – der perfekte Urlaub für Adam und
Karen Singer. Gemeinsam mit Sage und Connie, einem Ehe-
paar, welches sie im Strandhotel kennenlernen, begeben sie sich
auf die Insel Ma'ahkhalo, die von außen recht idyllisch wirkt.
Doch der paradiesische Schein trügt – schon bald wendet sich
das Blatt, und sie befinden sich mehr als einer tödlichen Gefahr
gegenüber…

„Die vermutlich bisher schönste Atmosphäre versteckt sich in
diesem Werk. Ma'ahkhalo ist jedoch eine Insel, deren erstem
Erscheinungsbild man keineswegs trauen kann. Hinter paradie-
sischen Stränden und Sonne satt verbirgt sich etwas Mysteriö-
ses. "

DIE NACHT DER SCHRECKEN

Nach einem missglückten Raubüberfall auf einen Juwelier findet sich Nicholas Winston in einem niemals endenden Albtraum wieder. Ein unbekannter Mann ist hinter ihm her, und hat
es auf einen magischen Ring abgesehen, welcher gar nicht in
seinen Besitz gelangt ist. Verzweifelt begibt er sich mithilfe des
Obdachlosen Carl auf die Suche – und er muss einsehen, dass
die schier endlose Nacht nicht nur stockfinster, sondern auch
blutig und voller Schrecken ist.

„Die Nacht der Schrecken ist so besonders, weil die Geschichte
eben nur in einer Nacht spielt. Innerhalb weniger Stunden kann

wirklich verdammt viel passieren."

FRISCILLA – IM SPIEGELBILD EINER FREMDEN WELT

Als Lynn Roberts eines Tages ihren bestellten Taschenspiegel erhält, ahnt sie noch nicht, welche fürchterlichen Konsequenzen das Ganze nach sich zieht. Sie findet heraus, dass sie durch den Spiegel an einen mysteriösen Ort sehen kann, und entdeckt kurze Zeit später ihre Bekanntschaft Norman dort. Sie versucht, herauszufinden, wie sie ihn retten kann – und begibt sich in die fremde Welt, in der nichts ist, wie es scheint. Schon bald muss sie sich der wichtigsten Frage stellen: gibt es einen Weg, der aus dem Grauen herausführt?

„Auch in diesem Buch herrscht in Teilen wieder eine ziemlich bedrückende Atmosphäre. Zudem hatte ich beim Schreiben dieser Story wirklich einen Lauf, ich konnte an mehreren Tagen mein Tagesziel von fünf Seiten weit in die Höhe treiben. Die Geschichte entwickelt sich in viele verschiedene Richtungen, aber hat dennoch einen runden Verlauf und eine klare Linie."

SCHLAFLOS

Nach einem nächtlichen Unfall auf einer nebligen Landstraße verwandelt sich das Leben des Busfahrers Austin Hobbs in einen Albtraum. Er kann nicht mehr einschlafen und erleidet furchtbare Visionen, sobald er die Augen schließt. Ein Wettlauf gegen die Zeit beginnt, und führt ihn geradewegs in einen Kampf gegen sein Unterbewusstsein, den er nicht gewinnen kann…

„Schlaf ist eines der Dinge, die zu den Grundbedürfnissen aller Lebewesen zählen. Schlaflosigkeit ist daher etwas, womit nicht zu spaßen ist. Die Story an sich ist durchaus ein wenig mystisch angehaucht und führt den Leser in die tiefen Abgründe der menschlichen Psyche. "

DAS FERIENHAUS (Erscheinungstermin 04/25)

Ein Ferienhaus in den Bergen – der perfekte Ort für ein Verbrechen? Officer Rick Campbell versucht, herauszufinden, was es damit auf sich haben könnte – und stößt relativ schnell auf einzelne Hinweise, die ihn Stück für Stück zur Lösung des Falles führen.

Sechs Freunde aus der Schweiz unternehmen einen Ausflug in die Rocky Mountains. Unter ihnen befindet sich auch der labile Raphael Keller, der gerade aus der Psychiatrie entlassen wurde. Doch statt Freude und geselligem Miteinander, entwickelt sich die Reise schnell zu einem Albtraum…

FRISCILLA – BEGINN DER APOKALYPSE

Band 2 der FRISCILLA-Reihe

(Erscheinungstermin 08/25)

Eine einzige Kugel hat die Welt aus dem Gleichgewicht gebracht…

Während die Gruppe auf dem Planeten Friscilla weilt und herauszufinden versucht, wie sie ihn wieder verlassen und zur Erde zurückkehren können, ist dort die Apokalypse ausgebrochen. Tief in den Eagle Mountains in Minnesota gibt es einen Ort, der sich „Zuflucht" nennt, und ebenjene für alle verspricht, die sich ins Innere wagen. Doch zu welchem Preis? Harte Zeiten stehen bevor – und das ist erst der Anfang!

ICH BIN EIN VAMPIR

In einem kleinen Ort geschehen grausame Morde, die von der Presse als »Vampirmorde« tituliert werden. Der siebzehnjährige Gordon Beste zieht diesbezüglich seine Schlüsse und stellt daraufhin eigene Ermittlungen an, die ihn tief in seinen eigenen Freundeskreis führen. Er muss genau abwägen und wichtige Entscheidungen treffen - mit dem Hintergrund, dass er niemandem wirklich vertrauen kann. Auf einer Hausparty kommt es schließlich zum finalen Showdown - und die Frage, wer der Vampir unter ihnen ist, wird ein für alle Mal geklärt!

CRETHRENS – VERLOREN IN DER EISWÜSTE

BAND 1/4 der CRETHRENS-Reihe

Der jugendliche Oskar findet sich inmitten einer gigantischen Eiswüste mit neunzehn anderen Jugendlichen wieder. Schon bald erkennen alle, dass sie sich in einem perfiden Test befinden, bei dem es nicht nur um das blanke Überleben geht…

CRETHRENS – DIE FESTUNG VON GHIRON NAGH

BAND 2/4 der CRETHRENS-Reihe

Nach den Geschehnissen in der Eiswüste, die jeden einzelnen verändert haben, landen die Überlebenden mit einem Helikopter in einer verlassenen Stadt. Sie finden eine Karte und entscheiden sich dazu, zwei Orte aufzusuchen: eine mittelalterliche Festung und die unterirdische Stadt Ghiron Nagh. Alles scheint nach Plan zu laufen – bis das Schicksal wieder gnadenlos zuschlägt…

CRETHRENS – ODYSSEE NACH EHYGEA

BAND 3/4 der CRETHRENS-Reihe

Das Königreich Ehygea war einst ein Ort mit blühenden Landschaften, rauschenden Flüssen und endlosen Weiten. Eines Tages wurde der Ort von einer schrecklichen Katastrophe heimgesucht – seitdem besteht dieser nur noch aus finsterem Ödland. Die Überlebenden drängen nach und nach in die Geschichte des düsteren Ortes vor – und müssen feststellen, dass ein großer Kampf um Leben und Tod bevorsteht, der über die Zukunft des gesamten Planeten entscheidet.

CRETHRENS – MEMOIREN

BAND 4/4 der CRETHRENS-Reihe

Über Australien in die Antarktis – auf mehr als 650 Seiten wird die Vor- und Nachgeschichte der Gruppe beleuchtet. Zwischen Blut, Schweiß und Tränen lernen die Jugendlichen einander kennen – und kommen an die Grenzen ihrer psychischen und physischen Kräfte.